Гари Юрий Табах

Капитанские субботы

Gary Yuri Tabach
SATURDAYS WITH THE CAPTAIN

Manhattan Academia

Гари Юрий Табах
КАПИТАНСКИЕ СУББОТЫ

Gary Yuri Tabach
SATURDAYS WITH THE CAPTAIN

Manhattan Academia, 2025
www.manhattanacademia.com
mail@manhattanacademia.com
ISBN: 978-1-936581-94-8

Copyright © 2025 by Gary Yuri Tabach

Короткие истории из жизни автора, которые он рассказывал на своем YouTube канале по субботам. Там они составили цикл передач под названием «Капитанские субботы». Отсюда и название книги.

Содержание

ПОЧЕМУ Я СТАЛ ВОЕННЫМ 7
ДЕДУШКА – ХОХМАЧ 11
ДЕСАНТНИКИ 15
ТРИ ДОЛЛАРА 19
НАШИ БЮРОКРАТЫ 23
ДЕСАНТНЫЙ ЗНАЧОК 26
РОМАНТИЧЕСКАЯ ИСТОРИЯ 29
НА МОГИЛЕ ДЕДА 34
ПЕРВАЯ ПАСХА 39
НЕНУЖНЫЕ ЛЮДИ 44
ПОСОЛЬСКИЕ ЯБЛОКИ 48
ЛЮБИМЫЙ КУРИЦА 51
ПОЛЕТ ВОЕННОЙ МЫСЛИ 53
МАЛЬВИНА 57
ЛУЧШИЙ ДРУГ ПРЕЗИДЕНТА 63
ВЕДРО ВОДЫ 69
ЗЕЛЕНАЯ ЗОНА 73
ИНОЗЕМЦЫ 78
ЕСАУЛ ТАБАХ 81
ДОРОГА ДЛЯ ПАЦАНОВ 86
СОБАЧЬИ ЦЕННОСТИ 89
КОМПЛЕКСНЫЙ КОМПОТ 91
БАНДИТ 96
ДО ВЛАДИВОСТОКА И ОБРАТНО 99
ЗВЕЗДНАЯ МЕЧТА 104
СКОЛЬКО СТОИТ МОЛОКО 113
ЕЩЕ РАЗ О ПЯТОЙ ГРАФЕ 117
ДЕФИЦИТ РУССКОГО МАТА 122
ТАЙШЕТ 126
101-Я ДЕСАНТНАЯ 134
ОРДЕНА ДЕДА 141

Почему я стал военным

Хочу рассказать, почему я стал военным. Мне часто задают этот вопрос. Говорят, что ты, мол, из интеллигентной семьи. Твои родители – врачи. Почему же все-таки ты стал военным? Ответа на этот вопрос, наверное, нет. Но я попытаюсь хотя бы рассказать, что случилось со мной в детстве. Может быть, это как раз и сформировало мою личность…

Очень часто в офицерском собрании после какого-нибудь задания мы с моими подчиненными сидели, курили сигары, пили виски. Меня тошнило от сигар. Я бледнел. Покрывался холодным потом. Ко мне подходил какой-нибудь громила и говорил:

– Сэр, не надо. Вы и так на военного не похожи. И не старайтесь.

Я спрашиваю:

– Как это я на военного не похож? А на кого же я похож?
– На еврея…

Я говорю:

– Ну тогда я, может быть, похож на израильского военного?

– Не знаю. Мы их не знаем. Но на нашего военного вы не похожи.

В общем, у меня всегда был этот комплекс. Ну, конечно, я этому офицеру говорил, что я его запомню и на следующем задании объясню, кто на кого похож. Я запоминал… Не потому, что я злопамятный. Просто я злой и память у меня хорошая.

Ну вот. А теперь – из моего самого раннего детства. Самое первое воспоминание. Помню, я тогда еще плохо говорил, такой был маленький. И моя мама иногда брала меня к себе на работу. Она была психиатром и работала в психбольнице. Ну, по-нашенски, в дурдоме. И, видимо, она меня оставляла где-то, в какой-то столовой. И в эту столовую приходили медсестры, играли со мной, покупали мне пирожки, и я что-то там рисовал.

В один прекрасный день туда приходит какой-то дядька. Я, конечно, тогда не понимал, что люди с психическими расстройствами могут гулять, приходить, уходить. У меня было детское понимание всего этого. И он был весь такой – в коричневой шляпе, в коричневом костюме. И фотоаппарат у него в чехле – тоже коричневом – висел на груди. Это я хорошо запомнил. Он взял какой-то компот. Стакан. Посмотрел на него и говорит:

– Ну, все! Не будет буржуинов, и армия не нужна.

И выпивает весь этот компот, ставит стакан, разворачивается и уходит.

Я, конечно, расплакался. Как это – армия не нужна?! А что же будет с армией? Армия – это ведь хорошо. И вообще мне нравилось все это. В общем, я расплакался. Прибежала моя мама. Подумала, что я испугался этого фотоаппарата. Она сказала:

– Нет, это просто чехол. Фотоаппарата там нет.

А я кричал, что хочу, чтобы были буржуины. Это вообще в те годы так говорить!

– Где ты это слышал, чтобы были буржуины?! Мы не хотим, чтобы были буржуины.

– Нет, я хочу, чтобы были буржуины!

– Кто этого придурка с чехлом от фотоаппарата сюда пустил?!

В общем, – скандал в столовой. Потом разобрались: я хочу, чтобы были буржуины, потому что хочу, чтобы была армия. Какая-то медсестра принесла мне военную пуговицу. Я успокоился. И видите, армия осталась.

Еще одно мое раннее воспоминание – это первый класс, первый день. Мы жили в таком районе, где обитали преимущественно милиционеры и военные. Где-то там был штаб МВД. В классе, да и даже в школе, я оказался единственным, кто отличался как внешностью, так и одеждой. Тогда я первый раз понял, что я какой-то не такой.

В первом классе бытовала советская традиция – надо было встать и сказать всем свое имя, отчество, фамилию и кем папа работает. В основном там у детей папы работали в МВД. И весь класс был МВД, и дом, где мы жили, был МВД. По очереди встают все ученики и начинаются диалоги:

— Александр Васильевич Миронов. Мой папа милиционер.

— Ой, твой папа нас защищает. Бандитов ловит. Охраняет наше спокойствие. Гордись, Сашенька, своим папой. Он герой. Садись, молодец, хороший мальчик.

— Анна Петровна Новикова. Мой папа военный.

— Ой, твой папа нашу родину защищает, Анечка. Гордись своим папой. Ты хорошая девочка. Садись.

И я сижу и жду. Сейчас мой папа тоже будет героем. Я тоже буду им гордиться, и я тоже хороший мальчик. Ну, моя фамилия Табах, и я где-то в конце алфавита. У всех папы герои. И вот я встаю и говорю:

— Меня зовут Юрий Зиновьевич Табах. Мой папа зубной врач.

Учительница так посмотрела на меня, как будто не понимала, какую социальную пользу мой папа вообще может приносить обществу. И она так махнула рукой и сказала — ну, мол, ладно, садись.

Я сел с чувством, что со мной что-то не в порядке. Ну и я решил не позорить моих детей, как позорили меня мои родители, как позорил меня мой папа профессор. И я решил, что все-таки надо быть военным. Чтобы быть героем и чтобы дети тобой гордились. Вот, наверное, поэтому я стал военным.

Дедушка – хохмач

Хочу рассказать еще пару историй из моей жизни, из самого раннего детства. О том, что сформировало меня, почему я стал таким, какой я есть, и почему стал заниматься тем, чем я занимаюсь.

Все приходит и берет свое начало из детства. Самое раннее мое воспоминание – про время, когда я с бабушкой и дедушкой жил на даче под Москвой. Мой дедушка был тот еще хохмач. Он всегда шутил, разыгрывал кого-то, пока его не посадили в 1947 году по 58-й статье.

Но когда он вышел, он все равно продолжал юморить. В те времена, как и теперь, наверное, все дачники конкурировали друг с другом. Они выращивали помидоры, огурцы, сравнивали – у кого лучше, у кого урожай больше. Ни у кого ничего не росло, конечно. Но мой дедушка не ленился. Он страдал бессонницей. Вставал где-то в четыре-пять утра, ехал в деревню, покупал там огурцы, помидоры и яйца. Яйца подкладывал под кур, типа – снеслись. А огурцы, помидоры – на грядку. Утром, когда все соседи просыпались, то с удивлением созерцали, как он собирает щедрый урожай. Да и курочки, в отличие от соседских, в изобилии несли яйца. Правда, бабушка потом разоблачила его с этим фокусом: дедушка подложил под курицу вареное яйцо.

Все соседи удивлялись: как это у вас такие помидоры-огурцы вырастают?! Ответы всегда были разными. Но чаще всего дедушка говорил, что это голландские сорта, специальные, морозоустойчивые.

В конце концов, приехали два дяди и арестовали моего дедушку. Я недоумевал – почему, зачем… Хотя я был еще маленький, но видел, что все нервничают и сильно переживают. Оказывается, кто-то на него «настучал». Дедушку допрашивали. Откуда это у тебя голландский сорт? Что это такое? Каким-то образом они убедили дедушку больше так не шутить.

Скорее всего, уже тогда я начал понимать, в каком обществе мы живем. Что такое «стукач», я, конечно, в детстве не знал. Но понял тогда, что шутить надо осторожно, да и не стоит все свои мысли говорить вслух.

Еще одно воспоминание, которое на меня особенно повлияло, это когда меня принимали в пионеры. Я ждал этого момента! Я был счастлив! В белой рубашке, с красным галстуком, в красной пилотке я попросил моего дедушку отвезти меня в парк «Сокольники» отпраздновать этот день. Мой дедушка никогда не носил медали, а у него были довольно-таки серьезные награды – медаль «За отвагу» и орден Славы третьей степени. В этот день он надел все награды. (Скажу честно, что когда я играл в войну, чаще всего цеплял на себя все дедушкины награды. Странно, что я их не потерял. Они хранятся у меня до сих пор.)

В Сокольниках мы отлично провели время: ели

мороженое, купили воздушный шарик, катались на разных аттракционах, стреляли в тире. (Дедушка - мазила - никак не мог попасть, а я попадал!) В общем, все было здорово. Обратно мы ехали на троллейбусе. Я сижу у окна, дедушка - рядом. Вдруг в проходе какой-то крепко выпивший патриот начинает вопить:

– Вы, евреи… Вы же не воевали! Вот надел на себя, нацепил это все. Вот с какого-то там солдата, наверное, снял? Вы же, евреи, не воевали!

И как пьяный человек, он несколько раз повторял одно и то же. В троллейбусе гробовая тишина, а я стал как бы дистанцироваться от дедушки - смотрел в окно. Мне было стыдно, что это именно мой дедушка, хотя пять минут назад я - пионер - был очень им горд. Ну а мой дед… Он был очень умный, изобретатель по профессии, быстро соображал. В шляпе, хорошо одетый, культурный, встает и сквозь гробовую тишину салона говорит:

– Ну хорошо, а при чем здесь товарищ Брежнев? Ведь товарищ Брежнев воевал! Это же его медали, которые он носит! Почему вы говорите, что товарищ Брежнев еврей? Почему вы говорите, что он не воевал? Кто вам дал такое право?

Тут троллейбус остановился и этот говорун сразу протрезвел: ведь он ничего подобного не говорил. И в троллейбусе сразу все стали возмущаться: мол, этот пьяница, какое имеет право так говорить! Вызвали милицию, забрали этого дядьку. И все. Дальше едем. Все уже моему дедушке жмут руку, осуждают хулигана.

А я всю жизнь, пока рос, думал, какой же сволочью был тот мужик, который вот так моего деда пытался унизить. А потом я понял, что этот мужик был не сволочью. Он-то, как раз, был честный. Он сказал все то, что все остальные думали, но промолчали. Это в троллейбусе все были сволочи, кроме моего деда и этого пьяницы.

Вот в таком обществе мы выросли. Такие у нас были ценности.

Десантники

У меня есть серия историй о разнице культур. Разнице между американской культурой и русской, советской культурой. Знаю, что сейчас многие европейцы, россияне скажут, что у американцев нет культуры. Поверьте мне – она есть. Есть и Марк Твен, есть и Бродвей, и Голливуд, и все остальное. Культура есть.

Ну вот я и хочу рассказать одну из этих историй.

Как-то приехали мы в Россию, в одну из десантных дивизий, посмотреть на их учения. Я там был с командиром нашей десантной бригады. Такой крепкий полковник. Вся его жизнь связана с десантом.

И вот, значит, мы смотрим, как там россияне вытянули из самолета какой-то броневик вместе с людьми внутри. Нам это показалось странным. Для чего и зачем это происходит? Нам объясняли, но мы не поняли. Смысла в этом мы не видели, потому что это было очень опасно. Ну потом были всякие «ху», «ха», «у», «ху» – такие всякие вещи не очень понятные… Но вроде все было нормально.

Но что происходит дальше? Дальше происходит

культурный шок. Потому что у нас самое главное, чтобы твой подчиненный, скажем солдат, не пострадал, особенно из-за какой-то глупости. В противном случае это может очень негативно отразиться на карьере офицера. Поэтому, когда вы, скажем, смотрите новости, у всех солдат всегда пристегнуты каски, всегда стволы направлены вниз, всегда палец снят с курка. Ну, это профессионально: каждый делает то, что должен делать. И даже бывают такие вещи, когда солдат, допустим, возвращается домой или едет куда-то, не пристегнул ремень в своей собственной машине и из-за этого пострадал. Это вина офицера, потому что его солдат недисциплинированный.

В общем, дальше происходит такая картина. Выходят два десантника. Один берет какую-то доску и ломает об другого. Тот встает, и первый опять ломает об него доску.

Мой командир смотрит на меня и спрашивает:

– А зачем они это сделали?

Я говорю:

– Ну, это бравада. Они так показывают свою крепкость какую-то. Что можно об них доски ломать.

Потом выбегают еще три десантника и бьют бутылки у себя на голове. И один из них даже немного порезался.

Этот мой командир смотрит на меня и спрашивает:

– А их командир в курсе, чем они тут занимаются?

Я говорю:

– Понимаете, вот этот, который порезался, и есть командир. Он и есть их командир.

– А зачем это нужно было? Ну, ладно. Сделали – пусть

сделали.

Потом выходит еще один десантник, натягивает берет и складывает кирпичи. Ну, я понимаю, что он будет делать. Но мои коллеги – они не понимают. Они не понимают: вот он складывает кирпичи – и что произойдет дальше? Наверное, некоторые из них думают, что, может быть, он ударит так, как в карате, рукой по кирпичам и разобьет их. Но он не рукой ударил. Он раскачался и как дал головой по кирпичам.

Ну тут мой командир вскочил и кричит:

– Командира! Ко мне!

Я говорю:

– Сядь, успокойся. Это не твоя армия.

Он говорит:

– Фу! Я не понимаю…

Потом этот десантник натянул берет потуже и опять – бабах по кирпичам головой!

Мой командир смотрит на меня:

– Подожди, Юра, ты же русский…

– Ну, ну да, в каком-то смысле… По обстоятельствам, может быть.

– Ты можешь мне объяснить боевую ситуацию, в которой надо кирпичи ломать головой? Для чего это? Зачем? Надо им объяснить, что голова… Что нужно каску надеть. Что голова – это очень важный, наиважнейший орган в твоем теле. Ведь надо быть боеготовным.

И пока он все это мне объяснял, а я кивал головой, соглашаясь с тем, что и так каждому идиоту понятно, к нему подбегает еще один десантник, смотрит ему очень близко в глаза и засовывает гвоздь себе в нос.

Мой командир встал, развернулся и ушел. Он, наверное, подумал, что мы были не на воздушно-десантной базе, а в дурдоме.

Такая вот история о разнице между двумя культурами…

Три доллара

Еще одна история, которая покажет разницу в культурах. Опять разницу между советской и американской культурой.

В начале 90-х я служил в посольстве в Москве и там меня нашел мой дядя. Я его называл дядей, хотя он мне был не дядя. Но в моем детстве, в раннем детстве, он после армии жил у моей бабушки. А сам он был из какого-то маленького местечка в Украине. Такой красивый смешной парень. Все его любили, и я очень им гордился, когда был маленький.

И вот мы опять встретились. Через, уже не помню, лет двадцать или двадцать пять. Он уже был взрослым человеком. Довольно успешным. У него были магазины в Солнцево. Он там имел всякие дела с солнцевскими пацанами и ездил на «Линкольне». В начале девяностых годов ездить по Москве на «Линкольне» – это было шикарно.

И вот как-то останавливает его милиционер. А в машине сидит он за рулем, я – на пассажирском сиденье, а его сын, которому было пять лет, сидит на заднем сиденье. Пристегнут. Все по правилам.

Я смотрю – милиционер, который нас остановил, –

майор. Я в то время тоже был майором (КАП3). Ну, приравнивался к майору, к майорскому званию. И я еще тогда подумал – а что целый майор делает на улице? Останавливает машины, следит за правилами уличного движения? Где же его батальон? Кто командует его батальоном?

Ну, майор этот представился. Все чин чинарем. Отдал честь. И сказал – мол, я майор такой-то, такого-то батальона. Вы нарушили правила. Вы там чего-то не туда повернули. Ну, мой дядя говорит – да ладно, чего там? А майор ему – нет, вы нарушили, давайте документы. И все такое.

Мой дядя достает какие-то деньги, кладет в документы и дает майору. Тот вытаскивает деньги, кладет в карман, возвращает моему дяде документы и говорит:

– Всего вам хорошего. Езжайте осторожно, не нарушайте правил.

Опять отдает честь. Все чин чинарем.

Я сначала даже не понял. Я говорю своему дяде:

– Он что, взятку, что ли, взял?

Дядя говорит мне:

– Ладно, сиди, молчи.

– А сколько ты ему дал?

Он называет сумму. Я сейчас не помню. Но это приравнивалось к трем долларам.

Я хотел выйти, содрать погоны с этого «майора». Сказать, как это так, что он без чести, да еще и в мундире. Ну, в общем, я рассвирепел в машине. А дядя сказал, чтобы я заткнулся. Потому что я не соображаю и не знаю, как надо жить правильно. Но потом я, конечно, понял, что так делают все в России.

Я пытался объяснить своему дяде, что это неправильно. Почему неправильно? Потому что сзади сидит его сын, маленький. И он это видит. И он уже понял, что майора можно купить за три доллара. Что цена майора – три доллара.

И вот прошло какое-то время. Я приезжаю в Америку. Еду на машине. Моя дочка сидит сзади. Пристегнута. Ей тоже пять лет.

Тут меня останавливает полицейский. Ну, у нас нельзя из машины выходить. Надо положить руки на руль и ждать, пока полицейский подойдет. И тогда открыть окно.

Подходит полицейский:

– Добрый вечер.

Я отвечаю:

– Добрый вечер.

Он говорит:

– У вас просрочен техосмотр на машину. Вы ездите с просроченным техосмотром.

– Ой, извините, пожалуйста, – говорю я. – Я дипломат. Я военный. Я только что вернулся из командировки. Вот мой дипломатический паспорт. Вы можете посмотреть, я только пару дней тому назад вернулся. Вот мой военный билет. Вы можете посмотреть, что я военный. И я просто еще не успел…

– Хорошо. Дайте мне свои права.

Ушел в машину. Возвращается и говорит:

– Выйдите из машины.

Выйти из машины в Америке, когда тебе говорит полицейский, это где-то на 90 процентов означает, что тебя арестуют. И я подумал – за что же он меня арестовывает. У меня ребенок там… Может, чего-то я не знаю. Может, я в розыске…

Я стою. А он мне говорит:

– Вы, как военный человек, должны быть дисциплинированным. Когда вы вернулись из командировки, вы в первую очередь должны были пройти техосмотр. Вот, пожалуйста, вам ваш военный билет. Да, вы дипломат, представляете нашу страну за границей, но не стоит вам махать документами, чтобы произвести на меня какое-то давление. Вот вам, пожалуйста, ваш дипломатический паспорт. И, пожалуйста, поезжайте и сделайте техосмотр, как это должно быть сделано. Вот вам ваши права и штраф на 150 долларов.

Потом спрашивает:

– У вас есть вопросы?

– Да, у меня есть один вопрос. Простите, я что, могу ехать? Я свободен?

– Да, вы свободны.

– А почему я должен был выйти из машины?

И он говорит:

– Потому что я не хотел отчитывать вас перед вашим ребенком.

Вот такая разница в культурах…

И пока та культура не станет этой культурой, проблемы у нас будут продолжаться.

Наши бюрократы

Расскажу две небольшие истории, которые произошли со мной в Америке, когда я еще учился, был молодым курсантом.

Мы приехали из Советского Союза в статусе беженцев. Из документов у нас была только небольшая бумажка и на ней фото, где я сфотографирован вместе с моей мамой. Эта бумажка говорила о том, что мы без гражданства и что у нас нет страны проживания.

Так вот, когда я уже учился и был курсантом, однажды ко мне пришли бюрократы какие-то, военные, и сказали, что нужно представить свидетельство о рождении, потому что в моем личном деле отсутствует этот важный документ. Я говорю им, что у меня нет свидетельства о рождении. Только одна вот такая бумажка, и все. Они о чем-то посоветовались, подумали и говорят мне:

– Ладно, в таком случае пусть твои родители напишут, что ты был рожден тогда-то, и заверят это у нотариуса.

– Хорошо, я скажу своим родителям, чтобы они написали, что я был рожден. Может быть, они не согласятся на такое, но я постараюсь, попробую их уговорить. Но вы знаете, мои родители на английском не пишут и не говорят.

Они говорят по-русски, – сказал я этим людям.

Наши бюрократы всегда и везде моментально найдут выход из положения:

– Ничего страшного, пусть они напишут по-русски, что ты был рожден, а ты переведи это на английский, понимаешь?

Вот так и случилось, что в моем деле оказалось письмо, написанное моими родителями на русском языке и переведенное мною на английский. Бумага эта, заверенная у нотариуса, подтверждала, что я не с Марса прилетел, а реально был рожден на Земле.

Но когда я уже подумал, что все мои проблемы закончились, то начались другие проблемы, прямо перед тем как я должен был стать офицером. Пришли двое и сказали, что я не могу быть офицером, потому что я гражданин СССР.

Это произошло потому, что при отъезде из Союза людей лишали советского гражданства. Но потом Горбачев посчитал, что СССР цивилизованная страна. И поэтому решил вернуть гражданство всем бывшим гражданам Советского Союза. И вот так я волей-неволей получил справку о том, что я гражданин СССР.

– Подождите, ребята, вы чего, охренели, что ли? Я еле-еле доучился, еле дотянул до диплома. А вы мне сейчас такое предъявляете! Что все это значит?

– Ладно. Думаем, выход есть. Пиши письмо в посольство Советского Союза, что ты отказываешься от их гражданства.

Ну и здорово! Я сидел, думал, я совсем не знал, что и как написать. Потом взял и написал, что я очень рад и горжусь тем, что наконец-то у меня опять появилась родина, и что я бесконечно благодарен Советскому Союзу и мудрому руководству Коммунистической Партии особенно за то, что мне вернули мое дорогое и любимое гражданство советского человека. Теперь я могу ходить с гордо поднятой головой и честно смотреть людям в глаза. В общем, я писал все, что мне приходило в голову. Но я написал также, что при лишении гражданства мы заплатили 500 рублей. А это две месячные зарплаты офицера высшего звания в Советском Союзе. Это на самом деле было немало денег за каждого человека. Поэтому уехать из Советского Союза было просто банально дорого для многих людей. По курсу тех дней 500 рублей – это выходило 900 с чем-то долларов. «Поэтому, – написал я им, – я принимаю обратно советское гражданство, если вы мне вернете 900 с чем-то долларов, и не только за меня, а еще и за моих родителей, сестру и бабушку». А еще я написал: «Если вы не вернете мне эти деньги, то тогда вы это гражданство можете засунуть себе в одно место. Мне тогда это гражданство задаром не нужно».

Вот такое письмо я отправил в посольство СССР. Ну, конечно, денег мне никто не вернул. И на мое письмо никто не ответил.

Десантный значок

Расскажу историю, которая произошла со мной, когда мне было 25 лет. Я тогда служил в военном госпитале. И там работал фармацевтом один пожилой человек. Такой милый, очень-очень тихий. Ни с кем никогда не входил ни в какие конфликты. И вообще общался с людьми коротко и редко, можно сказать.

Но когда он смотрел на меня, он всегда улыбался. И у него были очень добрые глаза. Мне казалось, что все это относится ко мне. И он все время пытался со мной заговорить. Мы разговаривали с ним о разном. В основном, о медицине. Ведь мои родители были врачами в Советском Союзе.

Как-то раз он пригласил меня к себе домой на ужин. Я согласился. Он такой милый пожилой человек. А у меня был свободный вечер. Я тогда не был женат, без детей. И домашнюю еду очень любил.

В общем, пришел я к нему домой. Оказалось, что живет он совершенно один. И квартира у него довольно-таки бедная. Ничего особенного там не было. Он приготовил очень вкусную еду. Там были спагетти. Он сделал вкусные котлеты. Мы с ним пили вино. Он мало говорил. Чаще совсем молчал. Я даже стал чувствовать себя довольно некомфортно.

В какой-то момент он извинился и вышел. Я сидел один минуту, две. Время тянулось очень медленно. И я стал думать, не выйдет ли он сейчас с плеткой, в кожаных штанах, с кольцом в носу. И начнет меня бить или будет какое-то другие извращение.

Он вошел. Такой же, как и ушел. В пиджачке, при галстуке, с начищенными ботинками. Сел, посмотрел на меня и спросил:

– Юра, ты еврей?

– Да. Я еврей.

– И ты десантник?

– Да, я десантник. Вот я хожу в мундире, и у меня десантный значок.

И тут он раскрывает ладонь, и у него на ладони лежит такой же американский десантный значок, как и у меня на груди. И он говорит:

– Я хочу тебе это подарить.

– Слушай! Я даже не знал, что ты тоже десантник! Очень приятно, здорово! Мы с тобой, значит, одной крови. Одной материи.

Он говорит:

– Не совсем. Это не мой десантный значок. Это десантный значок американского десантника, которого я убил, когда мне было 19 лет. Я был немецким десантником. В немецкой армии.

Мне 25 лет, и поначалу я был в каком-то шоке. Почему он мне это рассказывает? Но я понял. Потому что я еврей.

Потому что я десантник. И он решил от этой ноши, которую носил с собой всю свою жизнь, каким-то способом избавиться. Через меня. Я взял бокал вина и сказал:

– Дружище, брат, ты был хорошим солдатом. Это твой трофей. Я уверяю тебя, что если бы ты его не убил, он бы убил тебя. Ты тогда делал то, что считал нужным для защиты твоей родины. Ты был очень молодым человеком. Ты ни в чем не виноват. Ты такой же герой, как и тот, кого ты убил. Поэтому оставь этот трофей себе.

У него глаза налились слезами. Он, конечно же, расплакался. И с тех пор мы с ним очень хорошо дружили, пока меня не перевели служить в другое место. И вскоре после этого он умер.

Романтическая история

Хочу рассказать, как в восемьдесят девятом году был первый визит боевых американских кораблей в город Владивосток. До этого во Владивостоке никогда не было американских кораблей.

В общем, мы заходим во Владивосток с развернутыми флагами, с гимнами, все в парадных мундирах. Все очень рады, что наконец-то наши флоты встречаются. Зашли два корабля: фрегат и эсминец. Я на фрегате, а на эсминце мой близкий товарищ, с которым я учился. Мы вместе служили. Его дед был начальником штаба у Врангеля. Белогвардеец. Белая кость. Дворянин. Разговаривает, как будто его заморозили где-то в двенадцатом году, а сейчас разморозили: сударь, сударыня, будьте любезны… И не одного матерного слова.

Очень такой правильный. Прирожденный офицер.

И вот мы во Владивостоке. До этого мы прочитали книжки, воспоминания нашего военного атташе во время Второй мировой войны. Как он служил во Владивостоке. Он описывает это немного с юмором, немного с горечью. Ну и, в принципе, мы видим, что ничего сильно не изменилось с тех пор, со времен войны.

Почему-то советские офицеры, хоть они никогда не были в Сан-Франциско, все время сравнивали Владивосток с Сан-Франциско. Мы тоже сразу так подумали – не в Сан-Франциско ли мы находимся. Тогда было очень много разных интересных историй – моряки есть моряки. Нашим матросам нравилось, как маршируют советские матросы. Почему-то особенно это понравилось нашим чернокожим матросам. Наши и советские матросы начали дружить, выпивать друг с другом, гулять по городу.

Ну, сами понимаете, к вечеру уже многим в городе интересно было посмотреть на иностранцев. Наши тоже стали охотно общаться с местными. Я увидел, как четыре наших чернокожих матроса маршируют в полном обмундировании советских матросов. Они поменялись с ними мундирами. И вот так повсюду и ходили.

К 12 ночи все должны были быть на корабле. Я стою на вахте. Вылетает советское такси. «Волга». Оттуда вываливается наш старший матрос. Ну, он такой уже зрелый, ему лет 37 или 38. В одних трусах и только с военным билетом. Входит на мостик:

– Разрешите зайти на борт.

Я его спрашиваю:

– А где же ваш мундир?
– А я с ними поменялся.
– На что?

А он смотрит на себя. Видит, что он голый, и говорит:

– А! Забыл!

– Ладно, заходи!

Тогда было много разных историй.

Так проходит два дня. Все уже устали, особенно те, кто говорит по-русски. Потому что они еще выполняли роль переводчиков.

Вдруг прибегает матрос и говорит мне:

– Там ваш товарищ. У него какие-то неприятности. Он попросил, чтобы вас позвали, потому что он не может разобраться, что случилось.

Я иду туда. В общем, картина такая. Наш двухметровый офицер, чернокожий парень, очень толковый, стоит в белом мундире. И стоит мой товарищ, белогвардеец. И стоит дамочка такая – во рту папиросочка. Дамочка белокурая. И еще стоит бандит. Бритый, в тренировочном костюме.

Мой товарищ объясняет мне. Конечно, я не могу говорить так, как говорил он. Буду передавать только близко по смыслу:

– Юрий, знаете, наш офицер познакомился с сударыней где-то в этом районе. У них получилась внебрачная связь. Отношения, построенные не на церковном уставе. И у нас тут большие неприятности с ее супругом. Но я не могу понять, что хочет супруг и как он хочет разрешить этот конфликт. Наш офицер говорит, что пытался найти гостиницу, пытался найти где-то подобающее для дамы место, но у него ничего не получилось.

В общем, он объясняет это все мне на таком «древнерусском» языке. Я слушаю это все и спрашиваю женщину по-английски:

– Сударыня, вы по-английски говорите?

Она отвечает:

– Не-а, не говорю.

Тогда я спрашиваю:

– А он, говорит ли он по-русски?
– Не-а, он не говорит по-русски.

Как же вы вообще договорились обо всем? Ну я предлагаю этому бритоголовому сударю:

– Забирай свою шмару-барышню и идите отсюда. Полиция, международный скандал – этого нам не нужно.

А он отвечает мне по-русски:

– Да мне пофигу вообще, что тут происходит. Кто будет чинить на «Жигулях» капот?
– Какие «Жигули»? Какой капот?
– Да трахались они на капоте моего «Жигуля». Вмятину оставили на капоте. А то, что это он с ней делал, мне пофигу, мне теперь капот надо чинить.

Я спрашиваю у этого двухметрового офицера:

– У тебя деньги есть?
– Да, 20 долларов.

И бритоголовый супруг понимает:

– Да, 20 долларов – это хорошо.

Видимо, 20 долларов были для него сумасшедшими деньгами, и он говорит нашему двухметровому:

– Братан, пойдем со мной… там это… что ты с этой вообще связался… там у нас нормально все будет… пойдем.

Вот таким образом мы разрешили эту проблему. И вот

так благополучно закончился наш визит во Владивосток, такой романтической историей с местной шмарой-барышней и ее сударем супругом.

На могиле деда

Когда я первый раз после эмиграции приехал в Советский Союз, это был, сейчас точно не помню, кажется, восемьдесят девятый или девяностый год. И первое, что я сделал, – поехал на могилу моего дедушки. Я знал, что он похоронен на том же кладбище, где и Сахаров. Так я и нашел могилу деда. На старом еврейском кладбище. Оно было заброшено, видимо потому, что прошло много лет, многие евреи уехали, за могилами не ухаживали.

Конечно, могила моего деда выглядела заброшенной. Никто не приходил туда уже лет двадцать. Я стоял, смотрел на этот черный памятник, на фотографию моего деда. О чем-то, наверное, задумался. И тут я повернулся и вижу, что возле меня стоит невысокий мужчина в кепке и тоже смотрит на памятник моего дедушки. Но на меня как бы не обращает внимания.

А я смотрю на него и думаю – может, это родственник какой-то, которого я не знаю. Да вроде нет у нас таких родственников. И вдруг он меня спрашивает:

– Это ваш родственник?
– Да.
– А кем он вам приходится?

– Это мой дедушка.

– А, дедушка, – говорит он. – У меня тоже был дедушка. Я очень любил своего дедушку. Ну помолитесь за него. Вы молиться умеете?

– К сожалению, не умею. К сожалению, так и не научился правильно молиться, хотя мой дедушка умел. И бабушка умела.

Тогда он предлагает:

– Если хотите, я могу помолиться.
– Конечно.

Тут я понимаю, что мне надо будет ему что-то заплатить.

И он начинает молиться. И спрашивает, как зовут дедушку, как зовут меня, как зовут маму, папу.

Помолился за всех и говорит:

– Ну все, я помолился.
– Ну спасибо большое.
– Подождите, не спешите. Вы петь умеете?
– Нет, петь я совсем не умею. Ни танцевать, ни петь, ничего не умею. (Я хотел ему сказать, что только что вернулся с войсковой службы, и кроме мордобития... ну вообще ничего не умею.)

Тогда он говорит:

– Вы знаете, вот здесь есть Миша, он умеет петь. Давайте еще и споем, это будет правильно. Я буду молиться, а Миша будет петь.

Тут появляется такой амбал, шкаф двухметровый. И я соглашаюсь:

– Ну хорошо, давайте.

Ну, значит, он молится, Миша поет. Он молится, Миша поет. Просто красота. Концерт такой. Прямо синагога хоральная.

И вот они закончили. Я спрашиваю:

– Как я могу вас отблагодарить? Сколько я вам должен?

А он мне отвечает:

– Молодой человек, вы откуда приехали? Из Америки? Вы из Америки, так чем вы можете нам помочь?! Посмотрите вокруг, ну полный, значит, тухес. И чем вы можете нам помочь? Ну посмотрите, вы приехали из Америки, а я тут стою и даже не понимаю вашего вопроса. Как и что нам поможет? Нам уже ничего тут не поможет.

У меня в кошельке три купюры: 5, 10 и 20 долларов. И больше ничего нет.

Я достаю пять долларов:

– Вот так вас не обидит?
– А что это?
– Это пять долларов.
– Миша, ты только посмотри, целых пять долларов.

А потом говорит мне:

– Очень интересно. А что я с ними буду делать, с пятью долларами? Я даже не знаю, что это такое. Это у нас не работает.

– Ну вы их поменяете где-нибудь.

– Где я, старый человек, буду бегать с ними? Меня же обманут. Вы же понимаете, с кем мы тут имеем дело.

Тут я понял, что мало им дал. Достаю десять долларов и думаю – заберу у него пять и дам ему десять. Он берет у меня десять долларов и прикидывает:

– Это что у нас сейчас получается? Это у нас уже получается 15 долларов, да? 15 долларов – это совершенно другой коленкор.

– Молодой человек! – обращается он ко мне. Отводит меня в сторону и спрашивает:

– А как я поделюсь с Мишей? Если я дам ему пять и оставлю себе десять, он обидится. Если я себе возьму пять, а отдам ему десять, то это будет неправильно, потому что он только пел, а я молился.

– Ну вы уж поделитесь как-то.

– А как можно поделиться? 15 долларов пополам не делятся.

– Ну хорошо, тогда я дам вам не 15 долларов, а 20 долларов. И 20 долларов уже можно поделить на две равные части.

Я достаю 20 долларов. Он берет их:

– Это уже 35 долларов. Вот это все, вот это нормально. Я вижу, что вы, молодой человек, очень умный.

– Интересно, а как вы 35 поделите пополам?

– Молодой человек, не нервничайте. Ничего страшного. Я что-нибудь придумаю. Я вам помогу выйти из этой сложной ситуации.

– Ну спасибо, только у меня денег не осталось. Дайте мне хоть пару рублей, чтобы я на такси доехал до гостиницы.

– На такси до гостиницы? А сколько стоила поездка от вашей гостиницы до кладбища?

– Я не помню точно. Кажется, 500 рублей.

– 500 рублей? У Миши хорошая машина, он вас за 200 рублей отвезет куда вам надо. А куда вам надо?

– В гостиницу «Аэростар».

– Гостиница «Аэростар», гостиница «Аэростар» … Да…а, а-а… Там иностранцы живут. Правильно?

– Да, там, где все иностранцы живут.

– Да, вы правы, туда будет стоить 500 рублей.

– Но у меня нет ни 200 рублей, ни 500.

– Ничего страшного, ничего страшного. Миша вас туда отвезет, у него очень хороший «Запорожец», у которого только одна дверь не закрывается. Он вас туда довезет. У вас же там есть деньги? Вы ему заплатите, и все будет хорошо. Не волнуйтесь. Главное, мы сделали большое дело. Вы помолились у дедушки на могиле.

Да, действительно, мы сделали большое дело. Но я думаю, что это было больше, чем помолиться у дедушки на могиле. Я запомнил эту историю. И я понял, как люди в самых сложных ситуациях умеют заработать деньги. Умеют заработать деньги так, чтобы тебе не было обидно. И ты благодаришь их за этот урок, а не только за молитву, которую они прочли на могиле твоего дедушки.

Первая Пасха

Я решил рассказать одну из историй, которая произошла во время православной Пасхи, когда я служил в Москве. Меня пригласил на Пасху один мой хороший знакомый. Он был, насколько я знаю, мелким или, может быть даже средним, олигархом. Он пригласил также моего очень близкого друга, моего товарища, Вадима Лейдермана, который был военным атташе Израиля. Он был полковником военно-воздушных сил. Прекрасной души человек, умнейший, высокообразованный, добрейший.

Впоследствии его выгнали из России, объявили персоной нон грата, шпионом. Можете это посмотреть на *YouTube*. Наберите «Вадим Лейдерман, военный атташе Израиля», и вы увидите весь беспредел, связанный с его арестом. Да, ФСБ ничем не отличается от КГБ. Все те же грубость, жестокость и жлобство. В конце концов его выперли из страны. А я, кстати, вскоре последовал за ним. Вот такая вся эта Россия…

В те дни, о которых я рассказываю, нас пригласили на этот праздник в город Суздаль. Там у этого нашего знакомого была огромная усадьба. И туда приехало еще его окружение, его друзья... Мы с Вадимом обнаружили там несчетное число всяких майбахов, бентли и гелендвагенов. А мы-то приехали на служебных машинах и выглядели по сравнению с ними, конечно, бедновато.

Короче, мы приехали туда в канун воскресения Христа. Ну и все эти новоиспеченные православные тоже приехали туда – на своих майбахах, бентли и гелендвагенах. И при этом все они почему-то посчитали, что Вадима и меня они должны обязательно поздравить с тем, что Иисус воскрес.

Мы знаем, мы знаем, нас уже предупреждали, нам бабушки рассказывали, как после всего этого начинались не очень легкие для нас дела. В общем, мы были предупреждены, мы были в курсе. Мы еще с детства были в курсе. Конечно же, воскрес, конечно же, мы за вас очень рады. Но вы знаете, что нас обрезали еще задолго до этого, задолго до этого нас обрезали, не переживайте.

Я надел свою парадную вышиванку. И тут все эти люди почему-то стали говорить, что они должны с нами выпить за то, что Христос воскрес. Что надо обязательно за это выпить. Мы с Вадимом считали, что нам не обязательно за это пить водку. Ну, поскольку наша эта вот еврейская разжиженная кровь больше трех литров не принимала. Но они все говорили: ну как это... ну как же... ну надо, надо бахнуть... надо за воскресение, за то, что он опять... и кто-то же еще в этом виноват, что он должен был еще воскреснуть... а так жил бы себе и жил... вина, вина есть, понимаете, есть.

Пришлось пить. Мы понимали, что к утру нам набьют морду. Ну, традиция такая, никуда не денешься. Но нет, не набили нам морду. Видимо, было у них уважение к нашему рангу, статусу и всему такому. Понятно, люди на майбахах, бентли и гелендвагенах должны быть более аккуратными. Хотя у некоторых из них жлобство выпячивало. Довольно прилично выпячивало.

Короче, они, эти наши православные со всеми своими женами, не смогли пробудиться. Конечно же, они это самое воскресение пропустили. Они с нами выпили, а воскресение это, получается, отложили на потом. Ну а мы с Вадимом люди военные, на следующее утро мы подняли себя за сапоги и пошли в церковь.

Ну мы тоже были с опухшими мордами, голова гудела, нас штормило. И вот мы стоим в этой церкви. И тут пошел такой разговор. Что же вы не креститесь? Да мы не из того племени. А что ж тогда пришли? Ну мы сочувствующие. Все-таки Христос воскрес, ну, блин, воистину. А мы, конечно, не против.

Я больше не мог стоять, меня жутко штормило. И Вадима тоже штормило. А поскольку он человек сугубо интеллигентный, я думал, что он сейчас умрет прямо там, в церкви. А церковь-то не католическая, сесть негде. И мы решили выйти на улицу, подышать воздухом.

Мы вышли на свет. Сели на ступеньки. Сидим, говорим о жизни в Москве. Все хорошо. И тут проходит бабушка и говорит:

– Христос воскрес, сынки.

Мы отвечаем:

– Воистину, бабуль, воистину, поздравляем вас.

И она дает нам по яичку.

– Спасибо, спасибо.

И тут идет другая бабуля:

– Иисус воскрес.

Мы ей:

– Воистину, воистину... Поздравляем.

Мы поздравляли их от души. Это правда. Мы были рады за них. Все-таки он наш парень был...

А бабуля нам куличик дает. Так вот мы сидим: куличик да яичко, куличик да яичко.

Потом около нас сели еще двое. У них та же проблема, что и у нас. И им тоже дают по куличику и яичку. И тут в мой маленький военный мозг, покрытый пленочкой и пропитанный алкоголем, стали поступать какие-то электронные сигналы. И я говорю Вадиму:

– По-моему, они думают, что мы попрошайничаем.

И мы с Вадимом поняли, что завтра это все может быть в *Moscow Times*: военный атташе еврейских войск и его пособник, натовский начальник штаба, две вражины, сидели у церкви в Суздале, попрошайничали и набрали не один десяток яиц. А яйца, кстати, были очень красивые. Некоторые ну просто как золотые. И куличи были тоже очень хорошие. И я сказал Вадиму, что нам надо отсюда валить как можно быстрее, пока нас не сфотографировали.

Ушли мы оттуда. Пошли обратно к себе. А там уже проснулись те, кто все хотел нас на правильную сторону перетянуть. Мы стали угощать их яйцами и куличами. Мы не жадные. А потом пошла икра черная, красная, какие-то кренделя, деликатесы. Водка, конечно, тоже пошла. И вообще все пошло по-новому.

А потом все разъехались.

Вот так мы провели нашу с Вадимом первую православную Пасху. И я ее вспоминаю довольно тепло. Мне она понравилась. Что понравилось? Понравилось, как люди в церкви это отмечали.

Ненужные люди

Во время абхазско-грузинского конфликта я служил начальником информационного отдела (разведки) ООН в Абхазии, где мы каждый день патрулировали территорию. Маршрут моего подразделения пролегал от города Сухуми до местечка Гали и реки Ингури. Ездили каждый день по разбитой дороге, и это печальное зрелище давило на психику, производило неблагоприятное впечатление. В воображении теснились самые разные мысли – вырисовывалась страшная депрессивная картина, потому что в былые времена люди в этих краях жили богато и комфортно, дома стояли добротные, с красивыми винтовыми лестницами, с двойными гаражами. И вот теперь на всех этих домах сиротеют обгоревшие скелеты крыш. Людей не видно. Армагеддон...

Когда систематически ездишь туда-обратно и все время вглядываешься в это, то представляешь, что когда-то там была счастливая жизнь. Из таких мыслей рождается депрессняк. Но и это тоже временно.

Однажды я еду в патруле и вижу, что на одном из домов появилась крыша, из печной трубы идет дым. В следующий раз заметил выводок курочек, а потом услышал и человеческие голоса. Мне даже как-то показалось, что там был слышен веселый детский смех.

Как сейчас помню – стоял прекрасный солнечный летний день. Над приглянувшимся мне домом вдруг опять взвились клубы густого черного дыма. Крыша сгорела, пепелище-пожарище... Людей нет, все разбросано, разрушено. Я остановил машину и спросил у местного жителя, который нас сопровождал:

– Что произошло?
– Ничего.

Моему возмущению не было предела.

– Да как ничего? Я же видел, что тут были люди. Тут жили люди. И вдруг опять… Кто на них напал? Абхазы? Грузины? Бандиты? В чем дело?

Мой собеседник, запинаясь, пробормотал:

– Нет, нет-нет, это ничего…

Я с ним сцепился тогда, и мы поругались. Я сказал, что я заполняю депешу-протест для комиссии по правам человека в ООН. Будут неприятности и у абхазского правительства, и у них.

Конечно, они не знали, что ООН ни черта не сделает, даже если я напишу десять таких депеш. Они же не палестинцы…

Через пару дней меня вызвал к себе министр внутренних дел Абхазии. Видимо, когда-то он был каким-нибудь сержантом милиции, потому что необразованный совсем.

Мне говорит:

– Слушай, дорогой, забери, это не нужно, забери эту свою бумагу. Это нехорошо, некрасиво.

Я же настаивал на своем:

– Подождите. Скажите мне, кто эти люди? Я хочу с ними встретиться, обсудить произошедшее, иначе я не заберу депешу.

Но министр продолжал со своей колокольни, вокруг да около:

– Да-нет! Приглашаю на шашлык! Вино у меня на даче – то́ да се – шашлык-машлык...

Не соглашаюсь:

– Нет, ничего не будет!

Он умоляет меня:

– Забери, пожалуйста. Как брата прошу.

Я тверд:

– Нет, не заберу, – и точка!

В общем, нашла у нас коса на камень. Некоторое время министр-сержант внимательно всматривается в меня пронзительным прищуренным взглядом – и как заорет:

– А-а-а-а! Я знаю, кто ты такой! Ты армянин из Калифорнии и поэтому ты их защищаешь! Они нам не нужны! Это ненужные люди!

Ну ненужные обычно евреи, а кто эти ненужные, я сразу и не понял. Он знал, кому сказать про ненужных людей. Я встал, развернулся и на выходе из его кабинета резко повернулся к нему:

– Если хотите знать, господин министр, я не армянин из Калифорнии – я еврей из Нью-Йорка!

Услышав такое, он заюлил:

– Слушай, дорогой, так чего ты вообще?! Мы же тут евреев любим! Приглашаю на шашлык! Вино у меня на даче – то́ да се – шашлык-машлык... Забери, пожалуйста, бумагу.

В сердцах у меня вырвалось:

– Во поц, бл…!

Я хлопнул дверью и ушел.

Вот такая история произошла со мной. Наверное, я пытался смешно ее рассказать. Не получилось. Наверное, смешная и странная история, но не для армян или евреев, не для украинцев и всех нормальных людей, для кого не существует ненужных национальностей. В общем, не смешно для тех, кто когда-нибудь был ненужным человеком. А абхазов, настоящих абхазов, настоящих мегрелов, настоящих грузин и всех других настоящих людей я знаю. Это хорошие добрые люди. Помогают друг другу. Даже когда их окружение пытается обесчеловечить «ненужных».

Посольские яблоки

В 1992 году я был прикомандирован к Госдепу. Мы ездили по всем бывшим республикам Советского Союза, искали подходящие здания для посольства США

И вот мы приехали в Минск. В других республиках нам предлагали здания, где размещались центральные комитеты бывшей коммунистической партии, комсомола или что-то подобное, потому что они были одними из лучших в городе и находились почти в самом центре. А в Минске нам предложили здание, где жил генерал, который возглавлял суворовское училище. Это здание предназначалось для будущей резиденции нашего посла. Около здания был яблоневый сад и на деревьях – много-много яблок. А само училище было за забором.

И там стоит милиционер – по-моему, капитан, – и мы с ним разговариваем. Он говорил, что гордится тем, что ему доверили такой важный пост. Он будет охранять американское посольство или резиденцию посла. А я говорил, что да, конечно, это очень важно. Он спрашивал меня про мой мундир. И показывал мне, какие на его мундире звездочки и значки.

И тут я вижу, что над забором появилась лысая голова.

Это была голова мальчишки лет, наверное, двенадцати. Он посмотрел-посмотрел, потом перепрыгнул через забор и сорвал с яблони несколько яблок.

И вдруг мой милиционер рванул с места и поймал мальчишку за ухо. Я обращаюсь к нему:

– Подождите, подождите, отпустите ребенка. Что вы делаете, зачем вы схватили его за ухо?

– Так он же ваши яблоки ворует.

– Слушай, капитан. Ты же нормальный человек. Отпусти ребенка.

И он отпустил. А мальчишка стоит, не убегает. Я его спрашиваю:

– Как тебя звать?

Он отвечает, не помню, Вася или Петя. Я его спросил:

– Сколько в твоей роте человек?

Он мне сказал, сколько человек в его классе. И тогда я ему говорю:

– Бери столько яблок, сколько можешь сейчас с собой унести, а потом скажи своим товарищам, чтобы они все приходили и брали сколько угодно яблок в любое время. Только, конечно, в самоволку не ходите, но если у вас есть свободное время, то перепрыгивайте через этот забор и набирайте себе яблок и других фруктов, которые там растут, сколько вам угодно.

А этот милиционер мне говорит – как же так, это же нельзя, это же не положено. Но я ему сказал, что теперь так можно и теперь это положено.

А мальчишка перепрыгнул обратно через забор и

убежал. И где-то через час появились уже семь или восемь мальчишек. Все они перепрыгнули через забор и стали спрашивать меня:

– Дядя, а это правда, что нам можно яблоки здесь воровать сколько угодно?

– Конечно можно. И всем своим товарищам в училище скажите, что можно и даже нужно. Это не воровство, а дипломатические отношения.

Что бы мы делали с этими яблоками? Что этот генерал, который командовал этим училищем, делал бы с этими яблоками, которые просто падали и гнили? Но детям, которым очень не помешали бы витамины, не разрешали собирать эти яблоки. Да, неизлечим совковый менталитет. Неизлечим. И сорока лет мало водить их по пустыне.

Надеюсь, что сегодня в этом Суворовском училище выпускают толковых ребят. Хотя кто знает, что сейчас там может быть…

Любимый курица

В Абхазии мы ходили в патрули на бронированных грузовиках «Мамба» из Южной Америки. Они были противоминные. Очень огромные, здоровые, ну как БТРы. Но ездить надо было очень быстро, чтобы на мины не наскочить, чтобы под обстрел не попасть. Но когда мы наезжали на какое-нибудь животное – свинью, или курицу, или гуся, – надо было остановиться, выйти и расплатиться с местным населением.

Однажды ранним утром мы летим на этом БТРе и налетаем на курицу. Я выхожу из БТРа, достаю из колеса ножку, лапочку такую. Стою, смотрю на нее.

Конечно, сразу же нарисовался аксакал. Я обращаюсь к нему:

– Извини, отец, сколько я тебе должен?

– Овайвайвай. Как, сколько должен? Это же был мой любимый курица. Любимый, он как родной ребенок мне был. А вы взял и убили.

Я думаю – да, начинается. Разводит меня как лоха на батуте. Достаю 500 рублей и спрашиваю – вот этого будет достаточно? 500 рублей – это тогда была где-то месячная пенсия. Ну, не реальная, конечно, пенсия, – в смысле, что прожить на нее было невозможно. Может быть, на нее даже хлеба нельзя было купить – все тогда жили с огородов, с хозяйства.

Он говорит:

– Нее…ее. Курица убил? Убил. Надо поминки справлять.

А я чувствую – где-то только девять часов утра, – что он уже такой хорошенько начаченный. Я говорю:

– Нет, отец, на службе мы. Надо в патруль ехать.

– Нее…ее. Убил мой родной курица. Надо поминки. Заходи.

Ну заходим мы во двор. Он кричит – Манана, американцы приехали!

А там уже накрыт стол, все стоит. Короче, он поднимает тост. Конечно, за гостя. И тост этот такой бесконечный. Я не могу его весь пересказать, потому что это займет часа четыре. Но вкратце примерно так: «Курица – что это? Кто это? Какая у нее была жизнь? Никакой жизни! Курица была серой. Жизнь у нее была серой. Мозгов вообсче не было! Весь день клевал гаавно. Что это за жизнь? Это не жизнь, а гаавно. Ничего не происходит в этой жизни. И вот так этот мой куриц взял и так себе ярко погиб под американским танком!»

В этот момент я понимаю, что он говорит не про курицу, он говорит про свою жизнь. Про эту серую жизнь, где ничего не происходит. Поэтому мне пришлось издать приказ, чтобы мимо этого двора больше патруль не ездил. Потому что я уже мог ожидать, что он будет стоять на дороге и ждать наш патруль. Будет ждать наш патруль, чтобы броситься под американский «танк» и так ярко, гордо погибнуть.

Полет военной мысли

Происходит у нас, значит, с Россией обмен офицерами. Я попадаю на советский корабль, большой противолодочный. И, конечно, со мной общаются только капитан, замполит и особист. Ну и еще один офицер связи. А остальные офицеры держатся от меня подальше. В общем, я на этом корабле как бы сам по себе.

Как-то сижу я в кают-компании и ем макароны. Тогда я еще не понимал, что это за макароны. Мне они показались странными. Они были такого серо-коричневатого цвета. И как будто резиновые. И прилипали к зубам. А сейчас мы платим много денег за такие макароны. Потому что это – здоровая, натуральная пища.

Сижу я, лопаю эти макароны. Подходит ко мне офицер:

– Разрешите присесть?
– Конечно, садитесь.

Я смотрю, у него красный пролет на погонах. Значит, он, наверное, морской пехотинец. И происходит у нас такой разговор. Он спрашивает:

– А у вас в Америке на кораблях есть замполиты – заместители командира по политической части?

Я говорю:

– Нет, у нас такого нет. А вы замполит, что ли, комиссар?

– Ну да. Я заместитель командира по политической части.

Я уточняю:

– Нет, у нас такого нет. У нас вооруженные силы вне политики.

– А кто же у вас отвечает за воспитание личного состава?

Я не понял, о каком воспитании он спрашивает, и говорю, что у нас вообще-то все воспитанные. А отвечает у нас за все командир и офицеры. И каждый сам за себя отвечает.

Он переспрашивает:

– Значит, у вас не проводится воспитательная работа?

– Нет. У нас родители воспитывают детей. А не вооруженные силы. У нас армия, а не исправительная колония.

Ну а дальше у нас идет такой разговор. Я его спрашиваю:

– А в чем ваша работа заключается?

– Ну как, я вот всем помогаю. Если у кого-то есть какие-то проблемы, по службе или между собой, я помогаю решить любую проблему.

– Как? А если в машинном отделении сломается какая-то шестеренка, и если они не могут ее заменить, то вы поможете механикам как-то в этом деле? Или, скажем, электрикам что-то спаять поможете?

– Нет, я не по техническим вопросам, я по воспитанию.

– Ну а в чем это заключается?

— Я всем помогаю. Я могу помочь, даже если есть личные проблемы. Все всегда могут обратиться ко мне. И матросы, и офицеры.

— Так вы как капеллан, что ли?

— Да. Да, я как капеллан. Вот это вы правильно поняли. Я как капеллан. И вот, пожалуйста, ко мне можно обратиться с любой проблемой.

В этот момент к нему подходит матрос. Насколько я понимаю, это был тот матрос, который обслуживал эту кают-компанию. Видимо, тоже морпех. Так как в сапогах, а не в ботинках. И он говорит:

— Товарищ капитан, разрешите обратиться.

И идет вот такой ответ:

— Чё те надо?!

И этот морпех говорит:

— Товарищ капитан, у меня портянки спи*дили.

— Ну и чё?!

— Так чем же мне обматываться?

— Да х*ем обматывайся!

И он поворачивается ко мне и продолжает:

— Вот, значит, ко мне всегда можно обратиться. Ну, если у кого какая проблема, я всегда помогу.

А я говорю:

— Ну, я вижу. Вы только что помогли. У нас скоро будет совместная высадка морской пехоты. Он обмотается вот этим, чем вы сказали, — и вперед! Вы решили проблему, — говорю. — У вас очень ответственная работа. Очень она у вас сложная, конечно. Но, — говорю, — вижу, что вы можете решать самые сложные проблемы.

Вот такое у меня было общение с политработником на корабле. Такой вот рассказ о полете военной мысли.

Мальвина

Вот что произошло со мной однажды в России, в Москве. День темный. Пасмурно, противно. Делать вообще нечего. И мне посоветовали. Сказали – у нас очень красивое метро, поезжайте на нашем красивом метро. И еще у нас есть очень красивый магазин, «Елисеевский» называется. Там все есть. Там вы попробуете всякие разносолы и сможете купить все, что вам понравится.

В общем, захожу я в метро. Спускаюсь по эскалатору. Все очень красиво, чисто. Ну прямо музей. Не знаю и не понимаю, зачем там все как в музее. Но, тем не менее, все очень хорошо.

Я остановился, чтобы прочитать, на какой станции мне надо сделать пересадку, чтобы доехать до этого прекрасного магазина. Я остановился. А там же поток людей идет. И вдруг какая-то бабуля ударяет меня палкой по спине и говорит: «Чего встал, остолоп?»

Я понял, что надо двигаться. Двигаюсь. И в конце концов доехал до этого магазина. Прекрасный, очень красивый магазин. Очень классный, наверное, когда-то был. А сейчас там народу – больше, чем в метро. Я понял, куда они все ехали. И все двигаются, все куда-то бегут. И при этом толкаются, как в метро.

В общем, я зашел, посмотрел, встал в очередь. И понимаю, что тут как-то все странно работает. Потому что вместо денег дают какую-то бумажку. А в обмен на эту бумажку дают какой-то продукт, завернутый в бумагу, которой, как мне показалось, уже кто-то до этого пользовался.

И при этом все разговаривают какими-то кодами. Кто-то оборачивается ко мне и говорит: «Вы за мной!» И убегает. Или кто-то еще подбегает и говорит: «Я за вами!» И убегает. Потом кто-то еще прибегает и говорит: «Я тут стоял! Вы тут не стояли!»

В общем, пока я в этой очереди дошел до продавщицы… А она вся такая была с голубыми-голубыми волосами… Мальвина из моего детства. Но такая Мальвина, которую как будто только что выпустили из наркодиспансера и которая только что разрубила Артемона на куски и сожрала. И вот она с такими выпученными глазами говорит мне:

– Чек давай!

А я говорю:

– Нет, я буду платить деньгами.
– Иди пробей чек!
– Мне никого бить не надо.

А она уже кричит:

– Следующий!

И у меня такое впечатление… Подождите, подождите… Почему «следующий»? Я еще не выпрыгнул из самолета. Как, знаете, в десанте кричат: «Следующий! Пошел!

Следующий! Пошел!» И надо быстро проверить парашют.

И тогда я говорю:

– Подождите, подождите, я еще...

А она мне:

– Иди пробей в кассу!
– Да не надо мне бить никакую кассу!
– Тьфу, идиот какой-то. Иди, вон видишь, касса. Иди туда. В кассу. Заплати там.
– А! Заплатить там! Ну хорошо.

Я иду, смотрю, там какая-то будка. В будке такой ДЗОТ, такое отверстие. Все туда суют деньги и получают какой-то кусочек бумажки.

Ну, в общем, я стою. Теперь уже в другой очереди. Времени прошло много. Я даю деньги и говорю:

– Мне колбасы.

А она как будто знала. Тоже такая опытная девушка. Она в очках сидит. Тебя она не видит. Но она знает, что сказать. Какую колбасу ты хочешь? Там два или три вида было. Ну, она стучит по кассе. И дает мне кусочек бумажки. На этом кусочке бумажки тоже какой-то код. Такими голубыми буквами, как волосы у моей Мальвины из дурдома.

Ну, код я не смог расшифровать. Иду обратно. Пытаюсь этой Мальвине дать эту бумажку. И тут какой-то мужик в шляпе говорит мне:

– Вы тут не стояли! Я тут стоял!

И какая-то женщина без зубов рядом с ним тоже что-то кричит.

А я ему говорю – подождите, не обижайтесь. При чем тут

стояло, не стояло. И вообще, ваша девушка не в моем вкусе. Ну не в моем она вкусе. Ну что вы так нервничаете.

В общем, они меня опять заставили встать в очередь. Стою я опять в очереди. И вот она подходит, моя очередь. Я Мальвине, которая с голубыми волосами, только из диспансера вышла, даю эту бумажку. А она смотрит и говорит:

– Ты что, дурак?

– Я дурак?! Я не дурак. Я военный.

– Ну сразу видно, что ненормальный. Ты же пробил в мясной отдел. А это – молочный. Иди теперь перебивай.

И тогда я говорю:

– Я вам тут сейчас все перебью. И кассу, и молочный отдел, и мужика в шляпе с девушкой без зубов. Что вы тут творите?!

А она опять:

– Иди перебивай.

И тут, конечно, народ начал возмущаться. Что за хулиганство! Какое он имеет право?! Вызовите милицию!

А она кричит:

– Маня!

Это та Маня, которая в очках. И она кричит этой Мане:

– Перебей этому придурку в молочный отдел.

И уже мне:

– Иди туда.

Я иду туда. Маня опять что-то там по кассе стучит. Какие-то кнопки нажимает. Выдает мне другую бумажку. С другим кодом.

Я иду обратно в молочный отдел. Кто-то там уже говорит:

– Дайте ему без очереди. Он дикарь. Он вообще, видимо, в нормальных магазинах никогда не был.

– Ну почему? Я был…

– Давай сюда!

Мальвина дает мне колбасу в бумаге, которую кто-то уже несколько раз использовал.

Я спрашиваю:

– Может, в какой-нибудь там пакетик…

– Так нажрешься! Иди! Понаехала лимита черт знает откуда!

Ну, в общем, я все это взял. Поймал такси. Решил уже не ехать больше в красивом метро.

Приехал домой. Жена говорит:

– Это есть нельзя. Мы отравимся.

– Как это отравимся? Ну тогда выбрасывай.

– Нет, выбрасывать тоже нельзя. Я собак видела днем во дворе. Иди собакам скорми.

Ну, я побежал по помойкам. Ни одной собаки не нашел. Милиция мимо меня уже несколько раз проехала. Думали, наверное, что я либо обдолбанный, либо пьяный, либо еще что-то. В общем, пришлось мне эту колбасу втихаря выбросить.

Когда я работал в России, меня часто обвиняли в том, что я агент ЦРУ. И вот что я подумал по этому поводу. А что, если бы я действительно был агентом ЦРУ? И что было бы, если бы я написал в ЦРУ доклад о таком вот дне, проведенном в Москве? Меня, наверное, отозвали бы из России и, наверное, подумали бы, что у меня началась белая горячка. Потому что пишу я белиберду, потому что так вообще, в принципе, быть не может.

Ну, может быть, в каких-то других местах такое, как в моем непосланном в ЦРУ докладе, не могло бы случиться. Но вот в городе-герое Москве такое в действительности все и произошло.

И когда вы будете читать другие мои истории о России, пожалуйста не сомневайтесь, что я рассказываю то, что действительно со мной там случилось. И, поверьте, я не пьяный, не на наркотиках и никакой белой горячки у меня нет.

Лучший друг президента

Вот еще один рассказ из серии непосланных докладов в ЦРУ. Нормальным людям трудно будет поверить в то, о чем я хочу рассказать. Но, как доказательство, есть журнал *State*, то есть Госдеп. Министерство иностранных дел. На 20-й странице за 1992 год там описана эта история. Описана не мной, а журналистом *Matthew Burns*. Но там вы можете найти и мое имя.

Конец 91-го – начало 92 года. Развал Советского Союза. У нас недельная поездка с послом *Nicolas Salgo* по всем бывшим республикам Советского Союза, где мы открываем посольства. В нашей команде *Nicolas Salgo*, его помощник, его охранник и я. Я должен его встретить в стране Узбекистан, в городе Ташкент, в гостинице Интурист «Узбекистон». На улице сто с чем-то (по Фаренгейту, конечно) градусов жары. Мозги расплавились полностью.

Меня поселяют в этой гостинице на седьмом этаже. Вода доходит только до четвертого этажа. Выше воды нет. Окна не открываются, потому что там центральный кондиционер. А центральный кондиционер не работает, потому что сделан советскими руками. Меня, правда, дежурная пожалела, принесла тазик с водой. Я лежу голый, ноги в воде, пытаюсь ловить ртом воздух.

Жду посла. Раздается телефонный звонок, и я слышу милый женский голос:

– Вы русский, американец, немец или турок?

– Американец.

– Как приятно, что американец говорит по-русски. А вы любите русских девушек?

– А кто же их не любит? Конечно, люблю.

– Я приду, вы посмотрите.

– Нет, не надо приходить, я знаю, что вы красивая. Зачем вам приходить?

– Нет, ну я приду, а вы посмотрите.

– Нет, не надо приходить, не надо мне смотреть. Я знаю, что вы красивая. Что же мы будем делать?

– Мы можем принять ванну вместе.

– Ну, смысла я в этом не вижу, потому что воды здесь нет. Вы, наверное, здесь недавно поселились, в этой гостинице. Я на седьмом этаже. Вы можете принести пару ведер воды, и мы поплескаемся. Но мне это неинтересно. А чем еще мы можем заняться?

Она говорит:

– Хотели бы вы заняться сексом за доллары?

– С удовольствием, – отвечаю я и спрашиваю, сколько она платит.

– Подождите! Это вы платите.

– Подождите! Я не понимаю. Потому что, если вы приглашаете... Ну это как в ресторане: вы приглашаете – вы платите.

– А у вас что? В вашей стране женщины платят

мужчинам за секс?

И тут она назвала меня мужчиной нетрадиционной сексуальной ориентации и бросила трубку.

Ну встретили мы посла. И полетели дальше, в другую страну – в Молдову. Приземлились. Я вышел из самолета и объявил, что прибыл чрезвычайный посол Соединенных Штатов Америки. Смотрю, стоит какой-то мужик. Криво как-то стоит, прихрамывает. Один глаз у него смотрит в одну сторону, а другой – в другую. На костюме из трех пуговиц у него две отсутствуют. И где-то там небольшая дырочка. Я спустился с трапа и сказал ему:

– Возьмите эти чемоданы посла и поставьте в «Чайку».

И спрашиваю нашего дипломата:

– Где министр иностранных дел, который должен встречать нашего посла?

На что мне наш дипломат ответил:

– Так вы же сами только что послали его ставить чемоданы в «Чайку».

Я, конечно, побежал, взял эти чемоданы и сказал:

– Господин министр, пожалуйста, идите встречайте посла. Ничего страшного, я сам положу чемоданы.

Нас поселили в гостиницу. Разделились мы по распорядку: посол и его охранник на одном этаже, я на этаже сверху, а его помощник – на этаже снизу.

Посол был лучшим другом президента Рейгана. И

должен заметить тут, что был он человеком дисциплинированным. Каждый вечер он принимал ванну. Другого варианта не было. Каждый вечер.

Тут прибегает ко мне его помощник, весь мокрый, завернутый в полотенце, и говорит:

– Воды нет. Вода кончилась.

Он прибежал ко мне намыленный, потому что воду вдруг отключили, ни с того ни с сего. Ну, мы побежали, кого-то разыскали, и к тому времени, когда посол решил принять ванну, нам включили воду на два часа.

Потом мы полетели в следующую страну – в Белоруссию. Когда мы там приземлились, поселились в гостинице, опять же по распорядку: посол и охранник на четвертом этаже, я на пятом, а помощник посла – на третьем.

Не успел я еще распаковаться, как прибегает охранник посла и кричит:

– Полотенца нету!

Оказалось, что посол лежит в ванне, а полотенца, которым он мог бы вытереться, нет. Сейчас он вылезет из ванны, увидит, что нет полотенца, и будет международный скандал.

Я бегу на четвертый этаж и говорю дежурной:

– Нужны полотенца.

Она говорит:

– Полотенец нету.

— Как это нету? Почему нету?

— У нас полотенец нет, вот и все.

Я бегу к себе на этаж. Хватаю свое полотенце. Бегу вниз. Вешаю свое полотенце послу в ванную. Иду опять к дежурной и спрашиваю:

— Подождите. У меня в комнате полотенце есть. Почему у посла полотенца нет?

— А вы на каком этаже живете?

— На пятом.

— А, на пятом! На пятом есть полотенца. А на четвертом нету.

— Как это?

— Вот так.

Ну ладно. Иду к себе на пятый этаж. Вижу, что у меня нет туалетной бумаги. И думаю: боже мой! Сейчас послу нужна будет туалетная бумага, а туалетной бумаги нет.

Бегу обратно вниз. Бросаюсь к дежурной, говорю про посла, спрашиваю про бумагу, а она мне говорит:

— Есть, туалетная бумага есть. У него туалетная бумага есть.

Бегу обратно к себе на пятый этаж. Иду к дежурной. Говорю, что у меня нет туалетной бумаги. А она говорит:

— А у нас нету туалетной бумаги.

— Как это нету?

— А вот так, нету.

— А вот у посла и у охранника внизу ведь есть туалетная бумага.

А она мне говорит:

— Так они же на четвертом этаже, а мы на пятом. А на

пятом этаже туалетной бумаги нет. Но у нас есть полотенца.

Я побежал на третий этаж. К помощнику посла. Спрашиваю:

— У тебя что — полотенца или туалетная бумага?
— У меня полотенца.
— А туалетная бумага у тебя есть?
— Нет. А у тебя что?
— А у меня теперь ни полотенца нет, ни туалетной бумаги.

Мы вдвоем бежим на четвертый этаж, к охраннику:

— Слышишь, брат, у нас нет туалетной бумаги.
— А что у вас есть?
— У помощника есть полотенца. А у меня нет ни полотенец, ни туалетной бумаги.

Он отматывает немного туалетной бумаги, такой серо-коричневой, дает нам по куску и говорит:

— Вот это все, чем я могу вам помочь. Все, чем могу помочь.

Ну, помощник ушел довольный. А я себе думаю — ну и черт с вами. Я же из Союза. Я вообще считаю, что моются только люди ленивые. Ну, которым лень чесаться. А мне полотенце не нужно.

А вообще-то я хотел бы знать, как полотенце и туалетная бумага друг друга замещают.

Ведро воды

Расскажу историю, как в начале 90-х я отмечал 4 июля – День независимости Соединенных Штатов Америки. Это большой праздник во всех посольствах США. И вот меня посылают в Туркменистан, в американское посольство, на празднование 4 июля.

Я был очень удивлен, так как я морской офицер, а в Туркменистане в принципе воды мало. Ну и ВМС, понятно, точно им не нужны. Но мне сказали, что верблюды – это корабли пустыни. В общем, поедешь туда. И попросили, чтобы я сопровождал одного из наших подполковников, который только-только вернулся из Ирака. Вся грудь у него была в боевых орденах. У него был красивый синий мундир пехотинца, с золотыми лампасами. В общем, – красавец мужик.

И вот мы сели в самолет и полетели в Туркменистан. В самолете пели песни про Туркменбаши Ниязова, читали стихи про Туркменбаши Ниязова. Нам говорили, что мы летим над каналом имени Туркменбаши Ниязова, мы летим в аэропорт имени Туркменбаши Ниязова. Говорили, что он и отец туркменского народа, и сын туркменского народа. Мне показалось, что это что-то такое странноватое – быть и отцом, и сыном одного и того же народа.

В общем, мы прилетели и поселились в гостинице. В центральной гостинице Туркменистана. И тут нам говорят, что номер будет стоить 250 долларов. Я говорю – как это 250 долларов?! Обычно номера в начале 90-х в таких захолустных местах стоили два, три, пять долларов. А тут – 250! Женщина, которая была там администратором, говорит:

– А сколько же стоит самая лучшая гостиница в Нью-Йорке?

Ну, знаете, Нью-Йорк сравнивать с вами… Но спорить было бесполезно, и мы заплатили эти деньги. Государственные, деньги налогоплательщиков.

Вселяемся. Конечно, окна там не открываются. Потому что установлен центральный кондиционер. А на улице не холодно – сами понимаете, 4 июля.

Но окна не открываются, а центральный кондиционер, хоть и есть, но не работает. Видимо, он с первого дня никогда не работал. Вспомним, какими руками он был построен.

Телефон не работает, и вообще ничего не работает. По телевизору работает только один канал, на котором Туркменбаши Ниязов с утра до вечера тарахтит на своем языке. То он в кафтане, то он в итальянском бизнес-костюме, то в мундире генералиссимуса. В общем, все время меняется. И больше никаких других каналов и передач нет.

В общем, мы одеваемся в парадные мундиры. Надо идти

на прием – 4 июля. Я надеваю свой белоснежный мундир, со всеми медалями. И тут стук в дверь. Стоит подполковник. Бледный – как будто он труп в номере нашел. Я спрашиваю:

– Что случилось, командир?

А он мне говорит:

– Мне нужно ведро воды.
– Зачем же тебе ведро воды?
– У меня нет воды в унитазе.
– О, вон оно как!

А сам думаю – может, он что-нибудь не так включил или отключил. Иду к нему в номер. И вижу, что да, воды в унитазе нет. А в унитазе у него, конечно, лежал настоящий шедевр. А унитазы-то там были советские такие. Не знаю, кто их сейчас помнит. Но там была такая полочка, так что картина вся была вполне развернута и открыта.

И мы с ним идем к этой нашей администраторше. Мы в мундирах, он в своем синем кителе с боевыми орденами. Я ей говорю:

– Нам нужно ведро воды.
– Вам не нужно ведро воды.

Я настаиваю:

– Нам нужно ведро воды.
– Зачем вам ведро воды?
– У вас унитаз не работает. В вашей гостинице, которая не хуже лучших гостиниц Нью-Йорка, унитаз не смывает.

А она мне говорит:

– У нас все работает.
– Не работает. Дайте ведро воды. Помилуйте! Мы же

дыню на рынке съели!

Она встает и твердым комсомольским шагом направляется в его номер. Знает, видно, зараза, что это у него унитаз не работает, а не у меня.

Ну мы идем. Я за ней, бренчу медалями. Он за мной, тоже бренчит медалями. Но его шаг становится все меньше и меньше. И вот она уже заходит в номер. И если бы у этого нашего боевого офицера, героя войны, был бы пистолет, он бы в этот момент застрелился. Но пистолета у него тогда не было.

Она заходит, смотрит, оценивает ситуацию. Снимает головку душа, льет воду в бачок унитаза, наполняет его и спускает. И смотрит на меня. Бравый боевой подполковник в полуобморочном состоянии. Я встал по стойке смирно. И у меня уже не было никакого другого выхода, как извиниться перед леди. И признать, что у них, в самой лучшей гостинице Туркменистана, все работает.

Зеленая зона

Этот мой рассказ – про начало 90-х в Москве. В те годы у меня в Москве было две проблемы. Одна проблема была в том, что я не мог найти, где напиться. Не мог найти воду. Иногда попадался «Боржоми», но вода в ларьках не продавалась, а только какая-то сладкая и теплая «пепси-кола», от которой еще больше хотелось пить. А когда я находил «Боржоми» или еще какую-то воду, я выпивал, сколько в меня влезало, и тут появлялась вторая проблема. Теперь я не мог найти туалет. Но через какое-то время я понял, что место за каждым ларьком – это и есть общественный туалет. И тогда я находил выход из положения.

В те годы нам в посольстве запретили летать на российских самолетах, потому что они периодически падали, поэтому все американцы должны были пользоваться железными дорогами Российской Федерации.

Ну, сами понимаете, если американца посадили на поезд ехать во Владивосток, то он туда не доезжал. Где-то в середине дороги он терялся. Его находили пьяным. С одним валенком, без часов, довольным. И надо было его забирать и везти обратно в посольство, где его приводили в чувство.

Вот так однажды меня послали забрать одного американца, который потерялся в степях России. На вокзале продавали живое пиво. Я решил его попробовать. Потом сел в свой вагон, и понял, что пиво оказалось очень живым. И оно пытается вырваться наружу.

Я пошел в туалет, в голову вагона. Он был заперт. Я пошел в другой туалет, в конце вагона. Он тоже оказался закрытым. Я подумал, что, наверное, многие люди были счастливы испробовать живого пива. Пошел обратно в голову вагона. Туалет все еще был заперт. В общем, я ходил туда и обратно до тех пор, пока проводница железной дороги… такая сама вся из себя железная, напоминающая даже шпалу, … мне сказала:

– В туалет ходить нельзя!
– Как нельзя, вообще нельзя?
– Нельзя, потому что зеленая зона. Туалет закрыт!

Тогда я ей говорю:

– Я ничего не имею против зеленой зоны. Зеленая зона, вообще-то, хорошая идея, – хотя я не понимал, что это такое. – Но я писать хочу.

Она мне:

– Идите к начальнику поезда.

Ну, я подумал, что туалет есть у начальника поезда, и там можно им пользоваться. Я прихожу к начальнику поезда. А он сидит в такой, знаете, фуражке. Такой весь официальный.

Я говорю:

– Здрасьте. Я хочу писать. А туалет закрыт.

А он показывает мне на стол. Там под стеклом лежит какая-то бумажка. И он говорит:

– Читайте! Читайте!

Я понимаю, что у меня проблема. И говорю ему, что по-русски не читаю. Он достает эту бумажку, читает:

– Указ номер четыреста сколько-то там девятый от числа 28-го там какого-то месяца, года... мэр Лужков... зеленая зона...

– Подождите, подождите, подождите. Понимаете, моя физиология, тем более мой мочевой пузырь, он вообще про указы ничего не знает. Совсем ничего. А что такое зеленая зона?

– В зеленой зоне нельзя ходить в туалет.

– А где же она кончается?

– В Подольске.

– А где Подольск?

– Еще 40 минут ехать.

– Ну, – говорю, – 40 минут – это даже при благоприятной политической обстановке невозможно. Это невозможно. Нереально. Понимаете – пиво живое. И даже если я буду мертв, то пиво все еще будет живым.

А он отвечает:

– Вот такие у нас правила.

– Хорошо. Тогда у меня есть два выхода. Или сходить в туалет в своем купе. Но мне еще три дня ехать. Или в коридоре. Но это уже будет международный скандал. В купе я отказываюсь идти. Значит, будет международный скандал, потому что я дипломат. Вот мой дипломатический паспорт.

Он посмотрел на мой паспорт и на меня, как на вражину какую-то. И дает мне какой-то кривой ключ:

– Нате, идите! Только никому не говорите.
– Век воли не видать, никому не скажу.
– Только быстро!

Я говорю:

– Вот тут у меня скорость одна. Но как только я все это живое пиво верну на родину, я сразу вам отдам ключ, и будем считать, что ничего не было. Ни в чем никогда никому не признаюсь!

В общем, все у меня прошло нормально. Я возвращаю ему ключ, и он меня спрашивает:

– А у вас – что, по-другому?
– Да, у нас немного по-другому. У нас мэр не вмешивается в функции физиологии человека. Он занимается пожарной командой города, полицией, дорогами... А вот этим – нет. Он этим не занимается.

А он мне говорит:

– А у нас, вот видите, как получается!
– Да, вижу. Но у меня к вам есть вопрос. Можно?
– Да, конечно, спрашивайте.
– А вот мэр города Подольска, он случайно не издал указ гражданам Подольска гордиться тем, что граждане и гости столицы нашей родины могут свободно ехать в Подольск и испражняться там все вместе? Почему в Подольске зеленая зона кончается и можно делать там все, что хочется? Уверен, что подольчане очень москвичам за это благодарны.

Он разводит руками:

– Ну вот такие у нас правила.

– Ну, правила есть правила. Соблюдайте их, конечно, соблюдайте.

Иноземцы

Хочется рассказать интересную историю, которую мне как-то поведал мой сослуживец. Такие истории случались не раз. Когда президент Никсон был в Китае, его охрана шла впереди него, проверяла места, где он будет жить. И там тоже случилась история, подобная той, о которой я хочу рассказать.

В один прекрасный день надо было ехать на задание. Задание это было не такое уж сложное. Но нужно было все делать тихо, без шума, без гама. Иногда на таких заданиях к тебе прикрепляют человека или двух не из твоей команды. Тут присоединили двоих. Конечно, они сразу были видны, потому что волосы у них длинные, пострижены как-то не по-нашему. Животики у них. Юмор не солдафонский. В общем, какие-то они не такие.

И вот вечером они приехали, разместились в гостинице. А в комнатах там по две койки, одна тумбочка и одна табуретка. Все удобства на улице. И все это происходит в каком-то Мухосранске.

Командир говорит:

– Все, быстро... у вас есть четыре часа спать, отдыхать. Завтра в пять утра подъем. Уходим тихо.

Тут кто-то приходит и обращается к местной начальнице:

– Я не могу так. Там крысы бегают.

А она:

– Нет, это у нас такие кузнечики.

И те двое прикрепленных тоже стоят и не торопятся идти в комнату.

Командир им говорит:

– А от вас вообще ничего не хочу слышать. Вот чтоб тихо было. Чтоб ни писку от вас.

– А что? Мы ничего.

Один из них постарше, другой – помоложе. И они ушли в свою комнату.

Видимо, они подумали, что в этом Мухосранске, где туалета нет, окна не открываются, двери не закрываются, в металлической койке кто-то уже съел две или три пружины... Наверное, они решили, что как-то через космос за ними следят.

Ну, мы, люди, которые родились при советской власти, понимаем, что все следят, что всё прослушивается, все всё знают. ЦРУ, МОСАД, КГБ – они всё знают, они все там толковые.

И вот эти толковые решили проверить других толковых. И начали в своей комнате проверять стены, пол. И под кроватью нашли выпуклость в старом линолеуме. И стали его отрывать. Целый час по миллиметру они его отрывали.

При этом передвинули кровать, говорят что-то о футболе, о бейсболе по-русски с тяжелым акцентом. Как будто в этом Мухосранске кто-то в этом что-то понимает.

Они это дело вскрыли. А там болт. Большой болт, но ржавый. И, конечно, они понимают, что именно под этим болтом и есть тот трансмиттер с космосом, который за ними следит. И знает все их передвижения. Из комнаты до сортира на улице.

Ну, эти ребята были подготовлены. Они же там... это... не просто так. Они побрызгали болт какой-то фигней. И часа полтора или два они этот болт откручивали.

И в конце концов, в лобби падает люстра. А она висела там тысячу лет. Она была огромная. И по всей гостинице пошел гром.

Все проснулись. Все сбежались в лобби. Смотрят, а там чуть не убило дежурную бабку, которая сидела там на стуле. Бабку, конечно, чуть инфаркт не хватил. Она ничего не соображает. Она только видит, что люстра грохнулась прямо рядом с ней, что наверху большая дырка. И из этой дырки смотрят два придурка.

– Иноземцы проклятые, – кричит бабка и вопит как сирена.

Ну скажите мне, зачем нашим органам (в прямом смысле слова – органам), зачем этим органам безопасности или разведки нужна была эта люстра? Она висела там тысячу лет, старая, ржавая, огромная люстра. Зачем они ее открутили – не знаю. Может быть, у них такое задание было – пугать старух?

Есаул Табах

Как-то раз я должен был поехать в Краснодар. Погода была мерзопакостная, мокрая и грязная. Все было кошмарным. И я оделся по-походному. Надел то, что мы называем «говнодавы», военные, десантные, которые у меня были. Ну чтобы по грязи ходить.

Ехал я в Краснодар на поезде. Я тогда уже знал про зеленую зону. Был уже дрессирован, знал, где можно и где нельзя осуществлять функции человеческого организма. Приезжаю я туда, выхожу на платформу. А там стоят два казака. В папахах, с шашками, с нагайками. И с ног до головы в крестах. Будто они заслужили их еще в Отечественную войну. В первую Отечественную, с Наполеоном. И они спрашивают меня:

– Это вы капитан-лейтенант?
– Да, я.

Ну и, там, здравия желаем, ваше благородие. Они же тогда еще даже не подозревали, какое у меня родие. Откозыряли они, сапогами так – ших! – сделали. И сообщают мне:

– С вами требует аудиенции атаман.

Я удивлен:

– А при чем тут я и атаман?

Я вообще не ожидал ничего такого. Думаю – вы, ребята, из какого кино, из какого цирка прибежали сюда?

– Кто вы? – спрашиваю.

– Мы казаки.

Я учился с ребятами, у которых деды были казаками. Но я не помню, чтобы они вот так наряжались.

Ну поехал я с ними. Приезжаем, а там атаман. Погоны у него генеральские. И вот мы с ним сидим. Он угощает меня чаем, какими-то баранками. Говорит мне о том о сём. И я понимаю, что к военному делу он не имеет никакого отношения. Спрашиваю:

– А вы служили в советской армии?

– Да, конечно, служил.

– А кем, в какой должности?

– Я был сержантом в советской армии. Но вот я атаман. Медали и ордена – это моего деда.

Ну, думаю, хорошо. Каждый развлекается, как он может.

А он мне рассказывает про казачество. Про историю казачества. Интересно, конечно. Но я понимаю, что у них какое-то такое представление, что вот у них – правильное казачество, а у белых или у красных – неправильное. То есть, что казаки бывают правильные и неправильные. И я его спрашиваю:

– А чем я вам могу помочь?

И он мне говорит:

– Мы хотим, чтобы вы нам помогли создать десантно-штурмовой батальон.

Тут до меня доходит, что у него вообще нет никаких военных понятий. Десантно-штурмовые батальоны – в воздушно-десантных войсках в морской пехоте. И как казаки на лошадях будут прыгать с парашютом и штурмовать что-то, я не совсем представляю. Я только вижу, что он ни хрена не понимает. И говорю ему:

– Вы знаете, я вообще-то никакого отношения к десантно-штурмовым батальонам не имею. Я вообще-то аптекарь.

Я начал понимать, что мне надо как можно быстрее оттуда смыться.

А он показывает на мои бутики:

– Мы знаем, кто вы. У нас тоже есть разведка.

– Ну, знаете, разведчики все время врут. Не всему тому, что они говорят, можно верить. Они явно не все про меня донесли.

А он мне тогда объявляет:

– Ну, в общем, сегодня вечером мы вас принимаем в казаки.

Какая радость! Я ему говорю:

– Знаете, моей бабушке девяносто шесть лет. Она еще жива, слава Богу. Я бы хотел с ней посоветоваться до того, как… Я, конечно, очень рад и горжусь, что меня хотят принять в казаки. Но все-таки ваша разведка не все вам про меня донесла. Ведь у меня бабушка…

– Нет, мы все знаем…

И вот вечером меня принимают в казаки. Я пью водку. На колени встаю… Мне дали папаху … Шашку не дали и нагайку тоже не дали. А все остальное дали. Все полное обмундирование.

Атаман еще спросил, какое я звание хочу. Ну, я сказал, что как казак я, наверное, рядовой. А он говорит:

– Не, не, не. Минимум есаул.

Это я – есаул. Не знаю, что это. Но, видимо, почетное звание. Там все были есаулы. Не было ни одного рядового. Все были офицерами. Все. Правда, уже бухие. Поголовно. И они там танцевали. С нагайками. В общем, все упились прилично.

Я решил, что надо уходить. Потому что они про мою бабушку что-то могут узнать.

На следующее утро у них круг – значит, собрание. И я тоже там сижу. Я ведь уже казак. Я сижу вместе с казаками. Один из них встает и говорит:

– Атаман, а у нас в станице жиды какие-то.

А атаман говорит: – Эй, Петро, закрой свой рот. – И смотрит на меня. Видно, ночью у него какое-то просветление стало наступать. А в это время встает другой казак:

– Атаман, а чего там у нас жиды захватили… Не дают нам наше казачество восстанавливать.

Атаман как ударит кулаком:

– Эй, закрой рот! Среди казаков евреи тоже были.

И смотрит на меня. А я говорю:

– Не, атаман, не надо. Нормально все. Ничего не надо.

И все начали бузить:

– Атаман, ты чё? Ослаб вообще? Что ты несешь?
– Да, Гринберг там был.

Я потом узнал, что любой человек мог быть казаком, если он принимал православие. Так что там разные люди были.

Ну, в общем, этот урок истории не очень пошел. Я решил, что с меня этого достаточно.

– Атаман! Прошу прощения. Вот обратно папаха, вот погоны. Может быть, кто-нибудь другой вам поможет создать десантно-штурмовой батальон. А я аптекарь.

Он не взял у меня ничего. Попрощался со мной. И вот так я вернулся в Москву казаком. Вот жду, когда атаманом стану.

Дорога для пацанов

Когда я смотрел советские фильмы о Второй мировой войне, я думал – как там все здорово, какие красивые декорации, как они правильно все показывают, все те исторические места, где проходили боевые действия. А потом, когда я уже стал путешествовать по России, я понял, что на эти декорации не надо было очень много и тратить денег, потому что, в принципе, ничего не изменилось в этой стране советов. Там, в периферийных городах, в деревнях, в русской глубинке, страшные разбитые дороги, бедные дома, облупленные фасады, всюду грязь и нищета. В принципе, местами такая картина, как будто война только что там закончилась, хотя это было 75 лет тому назад.

И вот в одном таком сером городе Тамбове я видел эту страшную дорогу, которая тянулась от аэропорта в город. Она была разбита, она выглядела, как со времен Второй мировой войны, будто недавно по ней проехали танки и там был бой. И вот такой военной дорогой сейчас машины ездят туда и обратно.

Но как-то в один прекрасный день в этом городе на дороге появилась современная техника, пришли рабочие в красивых, ярких, желтых и оранжевых костюмах, и стали быстро делать эту дорогу. А мой товарищ стоял рядом, внимательно наблюдая за процессом.

– Саня, смотри, вот как здорово, начинается ремонт дороги.

Он посмотрел на меня и говорит:

– А, это пацанам привет!
– Какие такие пацаны?
– Да главные какие-то государственные пацаны будут в Тамбове, может даже Путин или Медведев. Кто-то из них, возможно, приедет. Поэтому они и строят эту дорогу.

Ну и я смотрел, как эту дорогу делают, хотя меня близко не подпускали, конечно.

И, наконец-то, важный кортеж летит по ней утром. Потом, под вечер, кортеж летит обратно. И уже на эту дорогу можно всем спокойно выйти. И я вышел, увидел красивый черный асфальт. Но заасфальтировали даже там, где проходила железная дорога. Такого я точно не ожидал увидеть. Мне было странно, что дорожные рабочие заасфальтировали даже железную дорогу…

Я подумал – может быть, они потом опять пробьют ее для поездов. Ведь все-таки поезда нужны. Сквозь асфальт было видно, где проложены рельсы. Но затем я опять сильно удивился – а где же люки? Боже, да они люки тоже закатали. Я спрашиваю в шоке – мол, а зачем же вы люки закатали? И слышу такой ответ:

– А это нужно было сделать, чтобы была защита от террористов.

Это такая у них антитеррористическая система, когда

надо закатывать люки. А то, не дай бог, террорист выскочит оттуда – и бабах! И нет нашего дорогого гаранта Конституции.

– Ну, обычно в других странах в такой ситуации используют сварочные машины. Как же вы теперь найдете, где люки? Вы даже крестик не поставили на асфальте, – сказал я.

– Да что вы знаете?! Сейчас приедут солдаты и с помощью металлоискателей найдут эти люки.

Я, как человек опытный, понял, что если даже солдаты приедут с миноискателями и с отбойными молотками, то сделать это по всем законам физики, химии и кибернетики будет нереально. И я специально сидел и ждал, что сейчас будет.

И вот подкатили грузовики, оттуда вышли солдаты и прапорщик. Он ходил с очень умным видом, надел наушники. Наверное, ему что-то там из космоса передавали. Вдруг он дал знак – мол, здесь люк, и тогда солдаты этим отбойным молотком – по дороге, по асфальту. И потом доставали какую-то ржавую лопату, и никакого люка там не было.

В общем, они убили всю дорогу. Было найдено очень много гаек, старых лопат, гусениц от трактора, а люки не были найдены, но дорога была в ужасном состоянии. Теперь она выглядела как декорации не просто для фильма о Второй мировой войне. Тут можно было снимать фильм о Третьей мировой войне, ядерной.

Собачьи ценности

Когда я приехал служить в Россию, мы приехали со своим песиком, его звали Мока. Очень симпатичный был пес, он прожил с нами двадцать один год, представляете? Думаю, что это долго для собак такой породы.

Обычно мы берем домашних животных из приютов, у нас так заведено. А если уж берем оттуда собак и кошек, то они должны быть кастрированы, чтобы больше не размножались. Наша собачка тоже была стерильная, как говорится. Приехали мы с этим псом в Россию. Но потом так случилось, что из России нам пришлось уехать. (Я был объявлен там персоной нон грата.)

И вот мы складываем все свои вещи, ну и собачку, естественно, собираемся забрать с собой обратно. Но тут случилась неожиданная ситуация – пришли какие-то люди и говорят, что ее нужно куда-то везти. Я не понял, но мне сказали, что сначала нужно пойти в Министерство культуры, чтобы получить справку, что собака не имеет биологической ценности.

– Что это значит? Зачем вам знать, что эта собака не имеет ценности? – спрашиваю я с изумлением.

– Вы ничего не понимаете, – говорят мне. – Если она

имеет ценность и будет производить щенков, то это очень дорогая собака, это достояние государства, это наши скрепы, это духовность.

– Подождите, но это моя собака! Я ее привез из Америки. Я дипломат. Почему я должен что-то здесь объяснять?

– Нет, у нас такой закон, надо ехать в Министерство культуры, где нужно показать, что собака не имеет ценности.

– Вы понимаете, что все ее собачьи ценности остались в приюте для собак? Я могу поехать в Министерство культуры и показать министру культуры свои ценности, – сказал я.

Но этого для них было недостаточно, им нужно было видеть мою собаку. Так что пришлось везти моего бедного пса. Я им показал, что у него ценности действительно отсутствуют. И только после этого визита в Минкультуры мы смогли увезти собаку. Вот такие там у них законы.

Комплексный компот

Культура и язык – неразрывные вещи для каждого народа. Культура, вы понимаете, очень важно, а язык – это самая, наверное, главная составляющая культуры. Ну вот, расскажу пару историй о том, когда нет совместимости в культуре и даже в языке.

Как-то на одном приеме в Москве я переводил разговор американскому генералу, а с другой стороны был советский генерал. После ужина американский генерал встал из-за стола и сказал:

– Я хочу поднять тост за президента Горбачева и за президента Буша.

И мы все поднимаем этот важный тост.

А потом встает советский генерал, уже изрядно выпивший. Он еле говорит, причем только обрывками фраз:

– Ну что? Ну, вот ладно… А ну чего там это вообще? Вот мы… Ну, о чем мы это вообще все? А чего, нормально сидим, да?

И вот в таком духе продолжается это пьяное словоблудие. А я внимательно и терпеливо все слушаю.

Американский генерал тоже с рюмкой сидит, тоже внимательно слушает советского генерала, головой кивает. В конце концов, прекратилась эта пурга воспаленного военного мозга. И американский генерал спрашивает меня – а что же он сказал?

– Ну, за дружбу! – ответил я с улыбкой.

– Слушай, а ты действительно понимаешь по-русски? Он же пять минут говорил без остановки. Что значит «за дружбу»? Он же еще много говорил!

– Нет, он ничего такого важного не сказал. Одни слова-паразиты, – ответил я генералу США.

Он, конечно, не стал выяснять со мной отношения. Но я видел, что он как будто не очень согласен с этим.

А потом мы с ним пошли в ресторан «Украина». Здесь нам сказали, что, к сожалению, мест нет. Я перевожу генералу – вот чудак говорит, что мест нет. Тогда тот, что стоял у дверей, услышав мою речь по-английски, вежливо так обращается к нам:

– Подождите, а вы откуда? Вы гости гостиницы?

– Нет, мы из американского посольства, – объясняю я.

– Тогда заходите, пожалуйста!

Мы заходим. И правда, занятых мест нет, все места свободны. Все в этом ресторане белое – белые скатерти, белые шторы, белые стены, ну все белое, как будто в дурдоме. И нас уважительно сажают прямо посередине странного и торжественного зала, а вот и меню дают, там все по-русски.

Генерал мне говорит, чтобы я выбрал что-то из блюд, что сам люблю, что захочу, и сделал заказ для нас. Сам он сидит, смотрит и молчит.

К нам подходит молодая официантка, красивая, но идет она таким твердым комсомольским шагом. Говорит мне, улыбаясь:

– Заказывайте!

– Можно нам селедку под шубой?

– Нет.

– Ну, тогда салат «Оливье».

– Нету.

– Тогда можно борщ?

– Борщ сегодня не сварили. Извините.

– Хорошо, понял. Может, тогда осетрина, с черной икрой, не завезли? – спрашиваю я.

– Сегодня нету осетрины, – виновато говорит официантка.

– А что же тогда у вас есть?

– У нас все есть. Смотрите в меню, читайте.

– Тогда, может быть, красную рыбу или, может, котлету по-киевски?

– Нет, этого ничего нет.

– Как же так, ведь вы говорите – то, что у вас в меню написано, все то и есть.

– Вы заказывайте. Вы будете что-то заказывать или будете здесь со мной ругаться?

– Я просто говорю с вами, я совсем не ругаюсь. Ну хорошо, а если бы вы заказывали, что бы вы себе заказали? – спросил я девушку.

– Ой, да я в таких дорогих ресторанах не питаюсь, – смущенно ответила она.

Ну и дела, ситуация тут у нас получается, как заколдованный круг.

– Ну хорошо, а если бы я вас пригласил и оплатил, или мы вот вместе с этим господином пригласили вас, то что бы вы тогда себе заказали в этом ресторане?

– Ну, можно комплексный обед – суп, антрекот и компот.

– Вот и хорошо, давайте нам две порции, пожалуйста.

– Это будет стоить 3 рубля 17 копеек, – сказала официантка.

– Несите, мы люди состоятельные.

В общем, она приносит суп. Он был очень жирный. Я никому не советовал бы его есть, потому что язва обеспечена. Антрекот был очень страшный, мяса почти не видно. Это была очень сильно пережаренная часть какого-то сустава, вдобавок пересоленная. Его тоже нельзя было есть. А компот был неплохой, очень даже вкусный оказался. Может, потому что мы все время хотели пить, просто умирали от жажды. А тогда можно было ходить по улицам Москвы и не найти нормальной холодной воды. Зато продавалась сладкая и теплая «пепси-кола» или какая-то соленая вода, не «Боржоми», а вроде она называлась «Ессентуки» или еще как-то. А простой воды не было.

Мы выпили этот стакан компота, и я попросил принести еще.

И тут она говорит нам:

– Компот отдельно не продается, только в комплексе.

– Хорошо, значит принесите нам еще два этих комплекса, как вы говорите.

– Так вы же ничего не съели.

– Ну, мы хотим это для вас заказать, – сказал я.

Она, скорее всего, не поняла нас и со злостью принесла еще два комплексных обеда.

– Вы можете не ставить нам суп и мясо, а только компот.

– Нет, знаете, нам тут ни от кого подачек не нужно, –

сказала эта работница ресторана.

В общем, генерал смотрел, смотрел, наблюдал за всей этой картиной и вдруг спросил меня по-английски:

– Ты можешь, Юра, объяснить мне, что здесь вообще-то происходит?

– Ну, вообще-то здесь происходит какая-то утопия коммунистического рая. Все есть, но ничего нет. А то, что есть, жрать нельзя. И поэтому я должен с ней все время договариваться об этом.

– Ну, так может, пиццу закажем?

– А пиццу закажем сразу по приезде в Америку, господин генерал!

Вот такая история из моей молодой и веселой жизни в Советском Союзе.

Бандит

В начале девяностых годов, когда я ездил по службе по всему постсоветскому пространству, я наблюдал и видел просто ужасные вещи. Люди не знали, как выживать. Простые люди реально вели борьбу за свою жизнь. У них не было ничего – ни тепла, ни света, ни еды, ни даже одежды. А правоохранительные органы всему этому потворствовали. Но народ много терпел, до какой-то степени как северокорейский. Ситуация была нездоровая, страшная.

Хочу рассказать историю про то, что может происходить в стране, в державе, когда правоохранительные органы становятся карательными органами, и как общество на это реагирует. Ведь когда граждане начинают бояться представителей своих же правоохранительных органов, перестают доверять тем, кто должен их защищать, вся страна разваливается.

Некоторые пытаются сотрудничать с органами, надеясь, что если они помогут органам, то от этого им будет какая-то польза, их защитят.

В общем, рассказ такой. Сижу я в машине – это было

рано утром. Была уже поздняя осень, погода пасмурная, с холодным дождиком, на небе темные тучи. Я сижу и жду, пока ко мне придут на встречу. И смотрю, как возле автобусной остановки собирается народ, люди идут на работу, по своим делам. Все как обычно. Будни, утро печальное. А люди голодные, им холодно, они стоят под зонтиками. И ждут, ждут. И я вижу, что собирается все больше и больше людей, они ждут свой транспорт.

Я думаю о том, что вот они пришли и очень надеются, что автобус приедет, а автобуса все нет и нет. Я думаю – что случилось, может, бензина нет, или шофер пьяный, или еще что-то.

И вдруг, только я так подумал, – вижу, что едет автобус. Подъехал к остановке. И вот уже двери открываются, и народ начинает в него потихоньку входить.

Тут я вижу боковым зрением, что бежит бандит, весь такой смурной, в тренировочном костюме, в кроссовках, бритоголовый. Он так быстро убегает, а за ним бежит молодой милиционер и придерживает свою фуражку. Бегут они по-серьезному.

А потом вижу человека – он тогда показался мне пожилым, ну может где-то моего возраста, – в коричневом плаще, в коричневой шляпе. Видимо, он решил помочь органам милиции поймать бандита. Он же ответственный гражданин. И я вижу, как он ставит этому бандиту подножку. Этот несчастный бритоголовый падает в лужу, во всю эту грязь. И вот летит этот милиционер, по-прежнему придерживает фуражку, и вдруг вбегает в автобус, двери за ним резко закрываются, и автобус уезжает.

А на улице, на автобусной остановке, под дождем

остается этот бандит, который встает из лужи и смотрит на этого мужика в коричневом плаще, думая, что ему уже не жить. А этот дядя в полном шоке, он не на шутку растерян, потому что он же хотел помочь. И вот он пропустил автобус и стоит один на один с этим «бандитом».

Думаю, что мужику в коричневом даже в голову не могло прийти, что этот мужчина вовсе и не бандит, а просто был в спортивном костюме и коротко острижен. Наверное, он делал утреннюю пробежку или бежал на тренировку и хотел успеть на автобус. И просто так совпало этим пасмурным осенним утром, что за ним бежал милиционер, которому тоже надо было, наверное, попасть на службу в свой участок.

Вот что может случиться в обществе людей с карательным мышлением.

До Владивостока и обратно

История эта произошла в 1992 году. Послали меня из Москвы во Владивосток. Купили мне билет на самолет и дали машину *Mitsubishi*, чтобы доехать до аэропорта. Обычно дают американскую машину, а тут дали японскую. Ну, я поначалу думал, может быть, такси взять. Но мне сказали, чтобы я лучше поехал на машине, так будет надежнее и безопаснее.

Приехал я в аэропорт «Шереметьево», поставил машину на стоянку. И вот сажусь в самолет. А в самолете почему-то на моем месте нет сиденья. Просто нет подушки. Одни ремни. Я, конечно, сказал, что не буду так лететь, без сидения. А мне ведь дали билет как бы первого класса. Правда, в Советском Союзе тогда не было первого класса. Потому что все были равны. Просто мне дали место напротив стюарда. И этот стюард дал мне свою подушку.

Ну я сел. Стало быть, мы летим. Я разговариваю с этим стюардом. Он говорит, что ему уже полгода не платили жалованья. И я спрашиваю его:

– А летчику-то платили – или он тоже бесплатно летает?
– Не, – говорит он, – никому из нас не платили.

Это, конечно, не прибавило мне уверенности в полете на

этом советском самолете. А самолет такой огромный был. ИЛ-86, кажется.

Ну мы летим. Стюард рассказывает, какая у них у всех жизнь тяжелая. И как им всем трудно. В общем, рассказывает истории, которые я слышал уже миллион раз.

Тут я смотрю в окно и вижу, что из крыла самолета что-то брызжет. Я подзываю кого-то там и спрашиваю, что это, и нормально ли это.

Тут пришел бортинженер. Наверное, его разбудили. Потому что он пришел такой весь взъерошенный. Посмотрел на крыло и говорит: да ничего, все нормально, ничего страшного, прилетим... Помню, что уверенности мне это почему-то не прибавило.

Прилетели мы во Владивосток. Я пробыл там два дня и полетел обратно. Лечу, значит, обратно. Вроде бы все нормально. На сиденье уже есть подушка. Из крыла ничего не брызжет.

И вот прилетаем обратно. Но улетели-то мы из аэропорта Шереметьево, а приземлились в Домодедово. Значит, прилетел я в Домодедово, а машина-то моя в Шереметьево. Приходится брать такси и ехать в Шереметьево. Шофер такси взял с меня 100 долларов, а чтобы прилететь во Владивосток и обратно, я заплатил 25 долларов. Вот такая у них арифметика.

В общем, приехали мы в Шереметьево на стоянку уже вечером. Нахожу свою машину. Пытаюсь завести: дыр-дыр-дыр. А бензина нет. А я тогда еще молодой был. Никакого опыта жизни в России у меня еще не было. Ну я стал кипятиться. Как так, почему бензина нет?!

Тут подходит старик сторож и спрашивает:

– Что, бензина нет? Ай-ай-ай!

Я отвечаю:

– Да, бензина нет. Не знаю, куда он делся. У меня был полный бак.

Он говорит:

– Надо же! Но такое бывает. Ну ты мне дай 20 долларов, и я тебе тогда бензин налью.

Дал я ему 20 долларов. Налил он мне из канистры бензин. Правда, немного. Ровно столько, чтобы доехать до бензоколонки. Сторож этот, старик, точно знал, сколько туда ехать и сколько надо налить бензина.

Еду я к бензоколонке. И в это время, конечно, уже понимаю, что этот сторож – он и есть тот человек, который слил у меня бензин. Я его еще благодарил и руку ему пожал за оказанную помощь. «Выручил», подлюка старая. Хотя ему-то тоже как-то выживать надо.

Подъезжаю к бензоколонке. Там очередь. А я устал, конечно, после перелета. Машин там, наверное, тысяча. И все на них не едут, а толкают руками. И я понимаю, почему они их толкают, – потому что у них бензин уже кончился.

Я понимаю, что мне тоже надо будет толкать мою машину руками. Потому что у меня не хватит бензина, чтобы моя машина работала час или полтора. Правда, там нашлись нормальные мужики. Они поняли, что я какой-то нерусский, и помогали толкать мою машину.

В общем, толкаем мы наши машины, толкаем, и вот подходит моя очередь. А на бензоколонке такое маленькое отверстие, как бы ДЗОТ. И в этот ДЗОТ надо засунуть деньги и что-то сказать.

Ну, я засовываю туда деньги и говорю, что мне нужен полный бак. А бензоколонщица спрашивает:

– Сколько литров?

Я отвечаю:

– Полный бак.
– Сколько литров?
– Да я не знаю. Мне бы полный бак.

И тут она закрывают свое окошко, защелкивает его и вешает табличку «Перерыв». Что за перерыв, на сколько этот перерыв – не известно.

Народ начал шуметь. Все стали кричать, что надо было сказать, сколько литров. А теперь ситуация такая, что закрыли, может быть, на пять минут, а может, на пять часов. Никто ничего не знает и при этом все на меня орут. Но я тогда еще был очень агрессивный. Поэтому начинаю в ответ тоже на них наступать.

Тут подходит ко мне какой-то парень и говорит:

– Дружище, что ты тут так нервничаешь? А что тебе вообще-то надо?

Я ему отвечаю:

– А ты не понимаешь, что мне тут надо? Мне тут, что ли, зубы лечить надо? Мне бензин нужен. Я вот тут на бензоколонке стою, и как ты думаешь, что мне нужно? Угадай с трех раз.

А он говорит:

– Ну если тебе бензин нужен, так пойдем со мной за угол. Если у тебя есть деньги, я тебе сейчас залью бензин.

Я уже начинаю понимать, что все это, конечно, разыграно, еще со стоянки. А может быть, даже с Домодедово.

Он наливает мне пару канистр бензина. Я плачу ему сколько-то денег. Много денег. И думаю: ну слава богу, теперь все в порядке, теперь, значит, поеду домой, в посольство.

Выезжаю с бензоколонки и обоими передними колесами проваливаюсь в какую-то огромную яму. Яма эта не была ничем помечена, никакими там флажками. И вот я в эту огромную яму провалился.

Выхожу из машины и понимаю, что сам я выбраться из этой ямы не смогу. Смотрю, а передо мной стоит огромный сваренный из железа стенд, на котором написано: «Слава нашей советской родине!»

Я посмотрел и подумал: «Я вас и вашу советскую родину… От Москвы до Владивостока и обратно…»

Вот такая история произошла со мной в начале 90-х.

Звездная мечта

Расскажу историю про 21-ю «Волгу». Многие знают, что у меня есть двадцать первая «Волга». И спрашивают, откуда она у меня. Расскажу все с самого начала.

Когда мой папа-профессор приходил за мной в детский садик, в одной руке у него был портфель, а другой рукой он вел меня. И он часто останавливался возле двадцать первой «Волги» и так смотрел на нее, что было понятно – это какая-то запредельная его мечта. До этой «Волги» ему было как до луны.

И тогда, в раннем детстве, я сказал себе, что когда вырасту, то куплю папе эту машину. Ну вот я вырос и служил в Москве в посольстве. А у моей жены был троюродный брат, который жил в Донецке. И он нашел мне эту «Волгу». Ну не точно такую, но очень похожую. Того же года выпуска и такой же расцветки.

И я со своим очень хорошим другом полетел в Донецк. Мы отлично провели там пару дней. Привели эту «Волгу» в порядок. И поехали перевозить ее в Россию.

Казалось бы, что тут сложного?! Украинскую границу мы прошли нормально. Они эту «Волгу» сняли с учета. Хотя я и не понимал, что это такое. Ну и затем мы попадаем на российскую сторону. И на российской стороне нам говорят, что нет, мол, мы не можем проехать на этой машине, потому что ее надо регистрировать. А регистрировать ее на этом пункте я как дипломат не могу, а могу только на другом пункте, который где-то в 100 км от этого. Где-то недалеко от Харькова.

Ну, я понимаю, что они хотят получить взятку. Поэтому решаю, что мы сейчас сядем в машину и поедем за 100 км, в Харьков.

Но нет, выехать на машине мы не можем, потому что машина уже снята с регистрации в Украине.

Хорошо, думаю, тогда я зарегистрирую ее на своего друга, потому что он россиянин. Уже смеркается, близится ночь. Понятно, что мы ни туда, ни сюда не можем уехать. Начался дождь. Мой друг бегает туда-обратно. Четыре раза пересекал границу со своим российским паспортом. И в конце концов сказал, что тут никак не обойдется без взятки. Придется платить.

А я говорю, что платить не буду. Принципиально не буду платить.

И тут подходит к нам какой-то молодой парень, в штатском:

— Пойдемте поговорим. Я хочу вам помочь.

Я спрашиваю:

— А кто вы такой, вы из ФСБ?
— Да нет, я просто хочу вам помочь
— Ну если просто так, то пойдем поговорим.

Заходим в комнату, и он говорит:

– Ну вот ваше имя-фамилия, вот ваш паспорт, вот все ваши документы. Вы капитан первого ранга, начальник штаба НАТО. В Москве служите.

Я говорю:

– Послушайте, если вы из ФСБ, то позвоните своему начальству. На меня там огромное досье. А я сейчас не буду вам все пересказывать.

А он мне:

– Я же хочу вам помочь Я сейчас вам помогу и все.
– Ну хорошо, что вы хотите?
– А зачем вам эта «Волга»? Вот мы смотрим на нее... В чем там секреты?
– Да ни в чем. Я папе хотел ее подарить.
– А как папу зовут?
– Зиновий. А при чем тут мой папа?
– А Зиновий – это еврейское имя?
– Почему еврейское? Украинское имя – Зиновий Ильич.
– Ну хорошо, а маму как зовут?
– А при чем тут моя мама, и эта машина, и мой переход через границу?
– Ну послушайте, мне что-то надо писать, я же хочу вам помочь.

Я говорю:

– Ну, мою маму зовут Римма Яковлевна.
– Это еврейское имя?
– Нет, это грузинское имя.

Он спрашивает:

– А вы не еврей?
– Я еврей. Но при чем тут это? Какая связь между моей

«Волгой» и именами моих родителей?

Я беру телефон и говорю, что мне все это надоело, что я сейчас позвоню в посольство и все здесь брошу. Пусть посольство в этом разбирается. Я дипломат.

Он мне говорит:

– О, у вас *iPhone*. Это сколько же *iPhone* в Америке стоит?
– Сколько *iPhone* стоит в Америке, не знаю. У меня служебный. Он ничего не стоит.
– А у нас он стоит тысячу долларов.
– Но это несправедливо.

Он повторяет:

– Одна тысяча долларов.

И я повторяю:

– Это несправедливо.

Он возвращает мне мой паспорт со словами:

– Я ничем не могу вам помочь.

Ну, понятно. В общем, я бросил машину, уехал в Москву, стал оформлять все это через посольство.

Мой товарищ, военный атташе из украинского посольства, мне звонит:

– Юра, забери машину. Мне уже звонят с границы в посольство и просят, чтобы ты ее забрал. Потому что она стоит посередине между Россией и Украиной.

Ну я оформил все бумаги. Возвращаюсь туда. Захожу к таможеннику. Там какой-то бегает, майор, кажется (две полоски, одна звездочка). Он меня что-то спрашивает. Я говорю:

– Веди меня к вашему начальству. Я покажу все мои документы.

Он заводит меня куда-то. Там сидит полковник. Майор обращается к нему:

– Андрей Васильевич, вот тут это…

А тот говорит:

– Шо ты, ты, ты… Кто, кто это такой?

Я захожу. Сажусь. А он:

– Шо ты, ты… Ты, ты сел… Ху… почему…

Я говорю:

– Во-первых, я сел, потому что я старше вас по званию. А во-вторых, давайте мне мою машину.

– Шо… ты это… во…Ты что сюда…

Я выкладываю ему все документы. Он смотрит на это все и говорит:

– Ты что… это… сюда его… Иди, разбирайся с ним, чтобы это все было у меня это… чо ты привел сюда? Давай иди.

Полковник выходит. Ловит какого-то майора. Майор ловит капитана. Капитан ловит лейтенанта. И остаюсь я с молодым лейтенантом один на один. Лейтенант заводит меня в комнату, заполняет какие-то бумаги.

Я сижу. Смотрю, написано: «Моральный кодекс таможенника Российской Федерации». Я его читаю громко и четко командирским голосом. Этот молодой парень ломает карандаш и говорит:

– Перестаньте это читать.

– Слушай, ну мне скучно, мне больше нечего делать. Дайте мне тогда какой-нибудь порнографический журнал или еще что-нибудь. А этот кодекс – это единственная порнография, которую я могу здесь найти.

Каждые десять минут какой-то капитан или еще кто-то забегает к этому лейтенанту.

В общем, все они прибегают, убегают, подписывают, психуют… И долдонят одно и то же: «Эээ, не, я не растаможу эту машину».

Я им говорю:

– Ребята, перестаньте психовать. Все равно к 16:00 вы меня отсюда выпустите по-любому.

А они:

– Не-не-не, я не буду. Ты что? Что это? Это надо ее разбирать…

Я им говорю:

– Не трогайте ее даже пальцами. Это дипломатическая машина. Видите?

В общем, психовали они, психовали. В 16:00 этот бедный лейтенант был уже весь издерган. Я спрашиваю его:

– Послушай, ты же еще такой молодой. Тебе еще жить и жить. Зачем ты всем этим занимаешься?

– А вы думаете, здесь можно еще чем-то другим заниматься?

В общем, неважно. В 16:00 полковник говорит:

– Слушай, это, ты… значит… отсюда… вот так вот… да

вот так вот сейчас уедешь… вот так вот?

– Да, вот так вот сейчас возьму и уеду.

– А мы тут весь день… мы тут работали… у меня ребята тут бегали…

– Ну, у вас тут такая работа… Не хотите, идите на другую работу.

– Значит, вот так вот и уедешь?

– Да, вот так вот.

Ну хорошо. Я сажусь в машину. Должен уже выехать из таможенной зоны. И тут какой-то прапорщик заявляет:

– А я шлагбаум не подниму. Не подниму и все.

И прямо глазами мне говорит:

– Где мои 10 долларов?

Я ему:

– Поднимай шлагбаум.

– Не подниму.

Я иду обратно к полковнику:

– У вас там этот сторож шлагбаум не поднимает. Мне что, проламывать шлагбаум машиной? Я же машину поцарапаю. Вы не можете меня здесь держать. Вы что, меня в заложники здесь взяли?

Полковник смотрит на меня безумными глазами. Потом бежит к этому сторожу и кричит:

– Открывай! Сука!

– А как… это… а где?

– Открывай, я тебе сказал!

И еще прибавил что-то матом. Тогда сторож открывает шлагбаум и смотрит на меня так, как будто проклинает меня до седьмого колена. Они все меня, наверное, проклинали до седьмого колена.

Я уехал и таким образом у меня оказалась вот эта «Волга».

И вот что произошло потом. Когда моя служба закончилась и я решил уже уезжать домой, я подумал, что лучше я эту машину оставлю в России. Ну как бы это родина этой машины. Она была произведена там. Служила там 50 с чем-то лет.

И я пошел в таможню, чтобы ее растаможить. Чтобы снять ее там с дипломатических номеров. В таможне мне сказали, что это будет стоить 20 тысяч евро.

Я спрашиваю:

– Как? За что?
– Но машине-то больше двадцати лет.
– Да, ей больше 50 лет. Это антиквариат. Это как бы историческая ценность.
– Мы ничего не знаем. У нас машины больше 20 лет …столько-то кубов… столько-то чего-то… с вас 20 с чем-то тысяч евро.
– Знаете, что, – говорю я, – идите…

В общем, я решил отправить ее в Америку. И опять же мне пришлось иметь дело с российскими таможенниками.

Я им сказал:

– Вы знаете, сколько мне стоит растаможить эту машину в Америке? Ноль. Потому что в Америке она считается антиквариатом. Поэтому привозите и с вас ничего не будут брать. А вы у меня, чтобы оставить ее в России, хотели взять 20 тысяч евро. Вот поэтому она и едет в Америку.

Я привез эту «Волгу» в Филадельфию. Реставрировал. Но моему папе она уже, к сожалению, была не нужна. Он посмотрел на нее, усмехнулся и сказал:

– Нафиг ты ее притащил?

Когда-то для него это была звездная мечта. А прожив в Америке сорок лет, мой папа решил, что это барахло. И вот так в Америке у меня оказалась эта машина, уже не нужная моему папе.

Сколько стоит молоко

В конце 90-х стремительно развивались дружеские отношения между Россией и США – дружили почти взасос. Уважаемые господа президенты Горбачев и Буш прилагали к этому максимум усилий. У меня всегда были небольшие трения в вооруженных силах с нашими контрразведчиками, потому что все шпионские фильмы – про то, что русский – это всегда плохой человек, и имя его – Юрий. Своим именем я привлекал к себе внимание наших контрразведчиков, с которыми часто бодался.

Первый такой опыт у меня был, когда США и СССР решили обменяться военными визитами. Долго думали – танкистами или летчиками? Решили первым сделать обмен врачами. Врачи – гуманисты, и у них, наверное, есть что-то общее.

С дружеским визитом в США прибыли десяток генералов-врачей советской армии. Мы их водили везде и показывали все, как у нас есть. Гости были шокированы, потому что в Советском Союзе в те времена все было довольно-таки плохо. Посетили мы с советской делегацией и наш магазин «Военторг», где наши гости дотошно изучали цены на мясо и рыбу.

Им было очень не по себе. Они активно интересовались стоимостью автомобилей. Советских генералов не удовлетворил мой ответ:

– Не знаю, ведь это смотря какая машина: «Шевроле», «Мерседес»? С кожаным салоном или простым? С кондиционером? С радио или без?

Они подробно и настойчиво допрашивали:

– Сколько стоит килограмм мяса?

А я им:

– Какое мясо – курица или свинина?

Гости мне:

– Ты цэрэушник? Не отвечаешь ни на один наш вопрос.
– Я не могу ответить, потому что не понимаю вас.

Каждый вечер, когда мы возвращались в гостиницу, я проходил мимо одного номера, возле которого обычно стояла пара крепких ребят. Они пристально смотрели на меня, провожали глазами. Я тоже провожал их взглядом.

Однажды вечером меня пригласили наши:

– Лейтенант, зайди к нам, пожалуйста.

Я зашел, и мне прочитали лекцию про дружбу наших народов:

– Мы не хотим, чтобы кто-нибудь из наших гостей сбежал и попросил политического убежища. Пожалуйста, проследи за этим. Если они задумают сбежать, то в первую очередь обратятся к тебе, потому что ты говоришь по-русски. Ты с ними выпиваешь. Ты – один из них.

Я – любезно:

– Конечно. Хорошо. Я сразу прибегу к вам и обо всем доложу.

Каждый вечер прихожу в гостиницу и смотрю на них, а они – на меня:

– Лейтенант, зайди к нам, пожалуйста.

Захожу.

– Кто-нибудь хочет сбежать?
– Нет, у меня нет.
– О чем вы говорили? Что они говорят? Чем занимаются?
– В основном они спрашивают про цены и про вещи в магазинах. Спрашивали про мясо и машины.
– Ну и что?
– Ну и всё.

А что я мог ответить? Они взяли галлон молока и начали высчитывать, сколько стоит литр, – переводить литры на галлон, на доллары, на рубли и рубли на доллары. И хором сказали:

– Ну вот, хоть молоко у нас дешевле.

Я не сдержался:

– Товарищ генерал, а какая у вас зарплата?

Он ответил:

– Где-то пятьсот долларов с переводом на ваш официальный курс.

Советского товарища генерала услышанное им в ответ не очень порадовало:

– У вас даже у генерала зарплата пятьсот долларов в

месяц. А у меня, даже не капитана, зарплата больше трех тысяч долларов. Теперь пересчитайте снова и поймете, у кого молоко дешевле.

Контрразведчики выслушали эту историю и вынесли вердикт:

– Эти новости нас не будоражат. Смотри, чтобы русские были довольны....

Еще раз о пятой графе

Этот рассказ – про мою службу в Турции, где я был командиром в антитеррористическом центре НАТО. Там я был очень-очень важным человеком. У меня была охрана, у меня были адъютанты, у меня была целая вилла и огромная-огромная территория. Там присутствовало пять натовских стран. И вообще там была очень большая бригада.

Как-то приехала моя жена навестить меня и пошла в лес погулять. И приносит из леса маленькую-маленькую собачку с голубыми глазками. Я взял эту собачку, и вдруг пробегает кошка, и собачка вся напряглась, шерсть у нее встала дыбом, и она начала рычать, хотя было ей, наверное, две недели.

Ну я, конечно, назвал пса Шариком, в честь Полиграфа Полиграфыча, раз он кошек ненавидит. Я был удивлен, что в Турции была собака и что моя жена ее там нашла. Потому что в Турции собак не любят. Их там практически нет. А вот кошек там много.

В общем, Шарик у меня бегает, растет. Я прикрепил свое звание ему на ошейник, чтобы его никто не трогал. Жена каждый вечер звонит мне, спрашивает, как Шарик.

— Шарик, — отвечаю, — прекрасно. Шарик растет, бегает, прыгает и веселится. У Шарика очень хорошая жизнь.

Проходит месяц, другой. И я жене говорю — ты меня извини, но с Шариком что-то не в порядке. Шарик всю ночь скулит. Не гавкает. И у Шарика нет яиц.

Жена говорит:

— Ничего страшного. Спокойно. Это бывает с собаками. Надо поехать к ветеринару, сделать надрез, яйца выйдут, и Шарик перестанет скулить и начнет гавкать.

На следующее утро я вызываю своего адъютанта — турецкого майора, ростом два метра, с очень благородным турецким именем Невзад и с бровью от уха до уха — и говорю ему:

— Невзад, срочно едем к ветеринару. Шарику надо делать яйца.

Он мне отвечает:

— Yes, sir.

И мы едем. Машина с мигалками, два автоматчика, охрана.

Приезжаем к ветеринару. Там приятная девушка берет Шарика в руки и говорит моему адъютанту Невзаду:

— Мнемнемне.

Невзад ей отвечает:

— Ооеоеоеоее.

Она ему:

– Ннемнемнем.

Он ей:

– Воевоевое Шрек.

Они не могут выговорить Шарик, они называли его Шрек.

Он говорит:

– Шрек, боебоебое.

Она:

– Шрек, визивизи.

Невзад мне переводит:

– Сэр, доктор не знает, как сделать Шарику яйца.

– Что значит, она не знает, как сделать Шарику яйца?! Ты кто, боевой офицер или дамочка из института благородных девиц? Моя жена сказала, что у Шарика должны быть яйца, – значит, у Шарика должны быть яйца!

Он на нее:

– ВУОВУОВУО!

А она:

– Блеемлеебле.

И начинает плакать. Ну я ей говорю:

– Подождите, доктор, что случилось? Не надо плакать.

Я вижу, что она не понимает солдафонского юмора. Я говорю, что это все очень легко. Моя жена точно все знает. Моя жена вообще все знает. Надо только сделать надрез, и яйца выйдут, и Шарик будет гавкать и не будет скулить всю ночь.

Она смотрит такими удивленными глазами на моего адъютанта Невзада снизу вверх и говорит:

– Тикимитии.

И он мне переводит:

– Доктор слышала, что в Америке делают такие операции людям. Но что собакам – не слышала.

Я спрашиваю:

– Про какие такие операции она не слышала, что их не делают?

– Женщина-мужчина, мужчина-женщина.

– Подожди, а Шарик у меня кто?

– Шарик – женщина.

Я говорю:

– Шарик, ты у меня женщина?! – Хорошо!.. А почему тогда он, то есть она, скулит всю ночь и не гавкает?

Невзад спрашивает доктора, и доктор ему отвечает:

– Семисемисеми. Курт.

Он мне переводит:

– Сэр, потому что это не собака, а волк. Вот почему она не гавкает, ночами она не скулит, а воет.

– Так ты еще и волчара у меня, Шарик!

Ну, в общем, вернулись мы в Америку.

Она была боевой, военной собакой, потом ездила со мной в Россию, а потом вернулась в Америку. Прожила с нами до 16 лет.

Мы часто гуляли с ней по *Miami*. Люди останавливались: ой, какая красивая собака, какая умная, какая хорошая. И еще спрашивали – а какой она породы? А когда такой вопрос задают русские, мои военные мозги сразу покрываются пленочкой, и я слышу – а какой она национальности? Хорошая, конечно, собака, умная, красивая, но национальность у нее какая? Потому что если собака хорошая, красивая и умная, а национальность не та, тогда это, наверное, не очень хорошо.

Я повесил Шарику на шею большую Звезду Давида. И тогда в *Miami* никто больше не спрашивал, какой она породы. Спрашивали только, почему сучку назвали Шариком.

Дефицит русского мата

Расскажу одну историю. Это произошло, когда я был командиром в антитеррористическом центре НАТО в Турции. В 2008 году меня пригласили, на конференцию стран НАТО в Бухаресте. Туда слетелись представители не только стран НАТО, но и дружественных стран. Прилетели все президенты стран НАТО. Путин тогда еще был партнером, и его пригласили тоже.

Я был очень доволен: надеялся, что встречусь там с самим президентом Бушем. Спросил, конечно, какая у меня должна быть форма одежды. Я полагал, что должен быть в парадном мундире, но мне сказали – нет, в полевом. Я удивился, но подумал, что, наверное, буду обеспечивать безопасность этой конференции.

И вот я прилетел в Бухарест. Встретился там со своими друзьями из разных стран. Из Болгарии, Румынии, Германии. Когда я спросил у них, в каком они будут мундире, все ответили – в парадном. Все-таки, говорят, с президентами будем встречаться.

Мне это было странно. Но я надел полевой мундир. Они все поехали туда, где проходила в Бухаресте конференция. А меня повезли в другую сторону от города. В общем, привезли в какой-то лес. А я даже еще и не знал, в чем будет заключаться моя задача.

Меня спустили в ракетную шахту. Там меня встретил сержант. Он стал водить меня по огромному залу. Там было множество всяких мониторов, компьютеров. Было много людей из разных стран, в основном военные – сержанты, офицеры. Я начал понимать, что я там самый старший по званию: когда я где-нибудь проходил, все вставали, приветствовали меня.

Проходит полдня. Сержант спрашивает, куда мне принести обед:

– Вам сюда принести или вы хотите подняться наверх?
– Принеси сюда. Но объясни, что вы здесь делаете?

Он отвечает:

– Генерал объяснит. Генерал вам все объяснит.

В общем, принесли мне обед. А вечером отвезли обратно в гостиницу.

На следующий день с утра – то же самое. Меня встречает тот же сержант. И тут уж я сразу спросил у него:

– В чем моя задача?

А он опять:

– Генерал вам все объяснит. А вы пока посидите здесь.

Так проходят три дня. Мне приносят всякие журналы, я хожу по этому объекту, смотрю, чем они там занимаются. Сержант показал мне стул, где я могу сидеть. Но в конце концов я уже устал просто так сидеть. Откинулся на стуле, облокотился на какой-то ящик и вздремнул.

Вдруг меня будит этот сержант. Открываю глаза и думаю: ну все, настал мой час, сейчас генерал скажет, что делать. А генерал был командующий войсками НАТО в Европе.

Я вскочил:

— Да, все, я готов!

А сержант говорит:

— Пожалуйста, не облокачивайтесь на этот ящик. В нем находятся приборы, которые управляют радарами и балансируют экраны.

Я вообще не понял, что они там балансируют. Но там была какая-то очень чувствительная аппаратура.

А сержант продолжает:

— Вы так храпите, что у нас все сбивается и начинается паника. Мы не можем понять, что происходит. У вас храп, как у мощного глушителя.

И начинает мне объяснять, что им кажется, что их глушат то ли иранцы, то ли корейцы, то ли русские, то ли еще кто-то.

Я вновь задаю ему тот же вопрос:

— Что я должен здесь делать?

А он опять свое:

— Генерал вам объяснит. Все объяснит генерал.

Когда прошло еще несколько дней, я понял, что все у них там закончилось. Все президенты разлетелись по своим домам.

И тут-то я встретился с генералом. Он отвел меня в

сторону:

– Спасибо тебе большое, что ты нашел время приехать.

Я спрашиваю:

– Генерал, объясните, что я тут делал?

– Понимаешь, в прошлый раз Путин прилетел на эту конференцию и не давал позывные самолета. Мы его чуть не сбили, и он в экстренном порядке шлепнулся на аэродром. В этот раз мы решили, что если будет то же самое, нам нужен кто-то с хорошим русским матом, кто скажет русским летчикам: если вы сейчас не дадите свои позывные, не скажете, кто вы, то мы вас собьем к чертям собачьим.

Но оказалось, что в этот раз они, сволочи, как назло, дали позывные, и моя помощь не понадобилась. Вот такая история. Жалко, конечно, потому что, наверное, я мог бы спасти мир от этого дьявола Путина. Сказал бы, что они несут какую-то херню, ну их и сбили бы, к чертовой матери.

Ну это я шучу, конечно.

Но в каждой шутке много правды.

Тайшет

Расскажу про свою маму, историю ее жизни

В российских фильмах часто показывают энкавэдэшников – какими они были героями, какими были замечательными разведчиками и тому подобное. Наверное, были среди них и такие. Но все-таки в основном там орудовали не лучшие люди страны. Я хочу рассказать как раз об исключении из общего правила. На примере истории моей мамы.

Расскажу ее так, как слышал от нее самой много-много раз.

Мама родилась в Москве и росла обыкновенным ребенком. Ее отец, мой дед, был изобретателем. То есть это была не совсем простая семья. У них была квартира, дача. Какие-то изобретения моего деда люди использовали. Например, дед изобрел такую штуку – кладешь туда вишенку, нажимаешь на что-то, и косточка выдавливается из вишни. У деда был патент на это устройство. Конечно, советский патент, поэтому никаких денег за это изобретение он никогда не получал.

Кроме того, он изобретал какие-то системы сигнализации для промышленных холодильников. Если холодильник отключался, срабатывала сигнализация. В общем, точно не знаю, что он изобрел. Но изобретателем он был. И вообще был творческим человеком.

Когда началась война, маму эвакуировали в Казахстан, в Алма-Ату, а ее отец, мой дед, ушел на фронт. У меня есть его фотография военных лет. Он служил в артиллерии, сначала был рядовым, потом стал старшиной, а в 43-м, кажется, получил офицерское звание.

Когда маме было семь лет, умерла ее мама. И моя семилетняя мама осталась в Алма-Ате со своей старенькой бабушкой. Потом бабушка отправила ее в Москву, потому что там жили какие-то родственники. В общем, мама где-то в Москве определилась. А бабушка осталась в Алма-Ате, где потом и умерла от нищеты.

Фронтовая фотография. Будапешт, 1943–1944. Мой дед – первый слева в нижнем ряду

Мамин отец, мой дед, вернулся с войны живым. Видно, он был довольно героическим человеком. У него была медаль «За отвагу», орден Славы III степени. Видимо, мужик был боевой, не трус. Он разыскал свою дочь, мою маму. И настало, наверное, самое счастливое для нее время. Это были годы с сорок пятого по сорок седьмой.

В сорок седьмом моего деда арестовали. В то время дед

работал на одного знаменитого художника. Он работал в конторе, которая отвечала за украшение Москвы для парадов или во время праздников. В общем, всю эту контору в сорок седьмом году арестовали и обвинили по 58-й статье.

Обвинили их, как говорила моя мама, в том, что на одном из плакатов у Сталина была ехидная улыбка и петлица изображена «вверх ногами». Всех художников расстреляли, а моего деда осудили на десять лет.

Мой дед (слева) с художником (справа)

У меня есть фотография тридцать пятого года, на ней мой дед и тот художник, которого потом расстреляли. И еще несколько фотографий тридцать пятого и тридцать шестого годов. На некоторых снимках кого-то вырезали, а кого-то закрасили. Люди боялись хранить фотографии тех, кто был репрессирован. На одном снимке – брат моего деда. А фотография другого человека закрашена.

Брат моего деда (третий справа вп втором ряду)

Незадолго до ареста мой дед женился. И вот эта его жена была единственным человеком, кто был у моей мамы из близких. Я, кстати, тоже рос с ней. Она была мне как родная бабушка, я не видел от нее ничего, кроме любви. Женщина была добрая. Она работала на секретном вертолетным заводе. Конечно, когда деда арестовали, она сразу развелась с ним и отказалась от него. Такие были времена. Но потом, когда он освободился, она вновь с ним сошлась. У них были два мальчика – мои дяди. Все они прожили вместе более-менее нормальную жизнь.

Моя мать рассказывала мне, что она написала письмо Сталину. Написала, что ее отца арестовали по ошибке. Он ведь был и герой, и коммунист, и все такое. Она говорила, что какой-то майор где-то там ее принял и сказал, что Сталин ее принять не может, потому что он занят важными государственными делами. А она требовала, что должна увидеться только со Сталиным. В конце концов ее выгнали. В общем, выкинули на улицу. Девчонка, знаете ли… А таких просящих людей – миллионы.

Целый год мама ходила в тюрьму. Ходила, передавала передачки, просила свидания. Ей все время отвечали, что ее отец под следствием… под следствием… под следствием… Вот так она ходила – и одновременно училась в школе.

И в один совсем не прекрасный день ей сказали, что ее отец осужден на десять лет. Сказали, что он ушел этапом «вчера». И целый год, еще целый год, моя мама следовала за своим отцом, как будто шла по этапу.

Я никогда не спрашивал маму, как она жила, где брала деньги. Видно, моя мама умела устроиться, умела приспособиться.

Эшелоны обычно шли ночью, а днем где-то стояли, в каком-то тупике. И на каждой остановке, где стоял эшелон, мама днем шла к начальнику станции и просила свидания со своим отцом. И на каждой станции ей говорили, что нет, никакого свидания ей дать не могут.

И вот на одной станции она видит, что начальник этого пересылочного пункта – какой-то генерал с еврейской фамилией. Она решила, что вот с ним-то она договорится. Она пошла к нему на прием. И он говорит ей – мол, послушай, девушка, это не мой арестованный, он идет из Москвы, идет туда-то, он у меня только временно останавливается, понимаешь, я не могу тебе дать с ним свидание. Она стала настаивать. И тогда он вытащил пистолет, стал угрожать ей. Сказал, что он еще и ее арестует.

Этот генерал спросил маму, где она остановилась. Мама сказала, что в гостинице. А он ей говорит:

– Вот ты можешь диван или кровать вытащить из гостиницы?

– Нет.

– Вот и я тоже этим заключенным распоряжаться не могу, он мне не принадлежит.

В общем, оттуда ее тоже выкинули, она села на ступеньки и плакала, плакала, плакала. Какая-то женщина, которая мыла там тряпкой полы, говорит:

– Эй, дочка, да ты уже, видать, намучилась, находилась. Ты не к жиду этому ходи, а вот к тому хохлу, его заму. Ты к нему пойди. Он человек добрый.

Ну мать и пошла к нему. Мужик был полковником МГБ.

Как только моя мать вошла, он поднял на нее глаза и спросил фамилию.

– Штейн, – сказала мама.
– Кто он тебе там?
– Отец.

Он стал что-то выписывать:

– У тебя есть 30 минут.

Ну ладно, она побежала на рынок. Что-то купила. Прибежала обратно туда, в этот пересылочный пункт. И вот они встретились.

Вывели человека, которого моя мать сначала не узнала. Она узнала его только тогда, когда он стал плакать и кричать, что ему сказали, что их всех убили. Он плакал и говорил, что ему показали паспорта и какие-то документы, что семью расстреляли. И его жену, и его дочь – мою маму. И мама сказала ему, что нет, все живы, все хорошо.

Он все время плакал. Взял еду. Сказал, что оговорил несколько человек. Сказал, что его заставили их оговорить.

– Я оговорил невинных людей, – сказал ей отец, мой дед.

И еще он сказал тогда маме:

– Я не знаю, как ты добилась свидания со мной, кто дал тебе это разрешение, но беги обратно к нему и попроси, чтобы меня оставили здесь. Потому что чем дальше от центра, тем хуже: и криминал, и вообще там условия хуже. А чем ближе, тем лучше.

И мама побежала обратно, но этого полковника уже не было. На том история и заканчивается, больше мама ничего не рассказывала про этого полковника.

Деда отправили в Тайшет, был такой лагерь. А мама вернулась в Москву. Вернулась, поступила в Московский университет. Наврала – сказала, что ее отец погиб на фронте. Ее приняли. Она училась, встретила там моего будущего отца, вышла за него замуж.

И вот уже моя мать с моим отцом поехали туда, где сидел дед. И за взятки, за разные обещания, еще за что-то они забрали оттуда моего деда. Его списали по состоянию здоровья.

И когда его списали по здоровью, то всех таких, как он, гнали этапом до станции. Так они это делали. Зима, холод. А там все больные. До этой станции мало кто доходил, лишь немногие. И тогда мой отец переоделся в дедову зэковскую одежду, а ему отдал свою гражданскую. Деда посадили в сани и увезли оттуда. А отец шел этапом, как зэк, вместо деда. Мой отец был здоровый, поэтому дошел без каких-либо проблем.

Вот так продолжилась жизнь моего деда. А потом, кажется в пятьдесят шестом или пятьдесят восьмом году, его реабилитировали, вернули ордена, вернули все. Но в партии он не восстановился, партбилет не взял. Советскую власть он ненавидел до конца своих дней. И тогда он уже официально сошелся со своей женой, Дорой Александровной. У них были два сына и моя мама. А потом у мамы появился я.

Но вот что интересно. В моей памяти остались какие-то ранние детские воспоминания. Помню, как мы с мамой летом, еще до переезда на дачу, едем на какой-то вокзал и встречаем какого-то старичка. С этим старичком мы едем домой. Дома у нас накрыт стол. Там мамин папа – мой дедушка. Они с этим старичком выпивают. Старичок этот очень маленький. Он называет мою маму дочкой. А я этого не понимал. Ведь у моей мамы есть папа, вот же он сидит. Почему этот старичок называет ее дочкой?

А это, оказывается, был тот самый полковник. У него была такая благородная украинская фамилия – Сало. И вот такой человек был в НКВД – или к тому времени в МГБ. Полковник, который оказался человечным человеком. У которого не пропала эта человечность. Он говорил, что многим пытался помочь. Он сказал, что если бы мама прибежала к нему тогда вовремя, он оставил бы там ее отца, моего деда. Он делал такое для многих. Но сказал, что кто-то настучал генералу, что он разрешил маме встретиться с отцом, и тот услал его в какую-то командировку.

И вот моя мама как-то разыскала его. Оказывается, будучи на пенсии, он каждое лето ездил отдыхать в Крым. Он проезжал через Москву и на одну ночь останавливался у моих родителей.

Такая вот необычная история – полковник НКВД оказался человеком. К сожалению, это было редким исключением из правил.

Это история моей семьи, моей мамы. Жизнь у нее была нелегкая. Потом была эмиграция, и как у любого иммигранта, у нее были, конечно, большие трудности в жизни. Ее уже с нами нет. Светлая ей память. Светлая память всем, кто погиб на фронте. Светлая память всем невинно убиенным. Всем, кто погиб в лагерях. Всем, кого оговорили, кто страдал. Будем помнить свою историю и рассказывать ее людям.

101-я десантная

Этот рассказ – о человеке, которого звали Давид Висьния. Он родился в Варшаве. Ему было 13 лет, когда началась война, когда в Варшаву вошли немцы…

Я познакомился с ним при следующих обстоятельствах. Я был в Майами, возвращался домой. Вылет задерживался. Рядом со мной сидел старичок в куртке 101-й воздушно-десантной дивизии (*101st Airborne Division*). Это была знаменитая десантно-штурмовая дивизия, в который воевал *Private Ryan* из известного фильма Стивена Спилберга. Рядовой Райан служил в этой 101-й дивизии, которую из-за эмблемы орла на рукаве называют *Screaming Eagles* – «Кричащие орлы». И вот у моего старичка была такая куртка – с эмблемой орла. Пока самолет опаздывал, мы с ним разговорились. Я спросил его, служил ли он в этой дивизии, и что он вообще делает? Он сказал, что едет на очередной слет ветеранов 101-й воздушно-десантной дивизии. И пока мы сидели, а самолет опаздывал, он рассказывал мне историю своей жизни. И потом мы с ним еще много лет дружили, он дожил до девяноста четырех лет…

Когда в Варшаву вошли немцы, Давид и вся его семья

оказались где-то в гетто. У него были мама, папа, два брата, сестра. Однажды отец заболел и не мог пойти на работу, а работал он на аэродроме. И поскольку Давид был старшим его сыном, он пошел на работу вместо отца. Вернувшись с работы, он увидел, что вся его семья убита, все лежат на улице в крови.

Давид сбежал из гетто, где-то мыкался. Куда ему деваться, неясно, что делать, непонятно. В конце концов его предали поляки и его возвращают обратно в гетто. А потом отправляют в Освенцим. Вот потому, что он сбежал из гетто, его отправляют в Освенцим.

И вот он, одинокий маленький четырнадцатилетний мальчишка, оказывается в Освенциме. А оказавшись там, он наврал про свой возраст, прибавил себе два года, сказал, что ему 16. И тогда его включили в рабочую команду.

Потом в течение нескольких недель он работал, снимая трупы с колючей проволоки, и тому подобное, и он понял, что долго так не протянет. Понял, что у него просто не хватит сил и он погибнет.

Но в один прекрасный день пришли в барак эти капо и спросили, кто умеет петь. А Давид пел в хоре, пел на разных языках, он знал несколько языков, включая русский, английский, немецкий, идиш, польский. По-моему, еще французский и итальянский. Потому что он пел на всех этих языках. Он сказал, что умеет петь. И его взяли в клуб для эсэсовцев, и он начал там петь песни на немецком, французском, английском. Он стал певцом и, таким образом, тем, кого называли привилегированным заключенным.

Он уже питался, был одет в чистую одежду, и каждый

вечер, пока там горели тела и работали крематории, он развлекал эсэсовцев своими песнями. Ну и понятно, что он уже жил в специальном бараке для таких привилегированных заключенных. Таким образом он просуществовал там два года. У него там даже была девушка. Но они, конечно, все это скрывали.

И все-таки он там с кем-то сговорился, и они решили бежать. И сбежали. Но их поймали. Поймали и повесили. А когда его вешали, с него каким-то образом соскочила петля, и он упал в канаву с трупами. Пролежал в канаве до ночи и вылез из нее. Он понимал, что долго в Освенциме уже не может находиться. Его там узнают и убьют.

А в это время собирали конвой в Дахау. Уже подходили советские войска, они были близко, слышна была канонада. И он присоединился к этому конвою. И пошел с ним в Дахау.

Во время этого похода был какой-то налет. Все бросились врассыпную и залегли. И он наткнулся на лопату с клинком. И когда эсэсовец подошел к нему, он его убил. Но все-таки его схватили. И стали расстреливать вместе с группой людей, которые пытались бежать. Но пуля не попала в него. И в конце концов уже какие-то другие эсэсовцы поймали его и отправили в Дахау.

Он опять решил бежать. На этот раз ему больше повезло. Через некоторое время он наткнулся на какой-то танк. Сначала он подумал, что это советский танк, потому что увидел на танке пятиконечную звезду. А звезда была белая. Но он не знал, что это значит, и начал говорить с ними по-русски. Они его не понимали, конечно. Они только каким-то образом поняли, что он из концлагеря. Потом они позвали какого-то еврея, который говорил на идиш. Но Давид ничего не мог понять. В конце концов он понял, что они говорят по-английски, и перешел на английский. И вот этот его английский они поняли. И он рассказал им свою историю.

Они дали Давиду еду и какую-то одежду. Ну какую одежду они могли дать? Солдатскую, конечно. И они пошли, потому что это была 101-я десантная дивизия. Она все время на ходу, и они все время участвовали в боях. Ну а куда ему деваться? Давид пошел за ними, вместе с ними. И потом, в конце концов, вступил в бой и стал воевать вместе с ними.

Потом они оказались во Франции. Здесь он говорил уже по-французски. И вообще был очень популярен в своей роте. Его все уважали, потому что он проявил себя довольно хорошим солдатом и к тому же еще работал как переводчик.

Они оказались в *Eagle Nest*, там, где Гитлер был с Евой Браун, в горах. Солдаты выпивали там вино, брали разные вещи. И он тоже взял два трофея. Он взял фотоаппарат «Лейка» и пистолет Вальтер.

В каком-то городе он узнал какого-то эсэсовца и пристрелил его. И чтобы не попасть в неприятность, так как он убил якобы гражданского человека, он выкинул этот Вальтер. У него остался только фотоаппарат «Лейка».

И вот война закончилась. Пришел корабль «Либерти», на котором все они должны были возвращаться. Но у всех есть документы, а у него никаких документов нет. Но там были такие огромные потери, в этой 101-й дивизии, что солдаты менялись очень часто. Приходили новые пополнения И солдаты, которые только пришли, думали, что он просто старый солдат. Они не знали, что он не относится к Вооруженным Силам США.

В конце концов они стали грузиться на корабль. А у него нет документов. Но они же все братья. И когда какой-то госдеповец начал выступать, они все передернули затворы и сказали: или все, или никто. В общем, его записали как служащего, гражданского переводчика. Он дал клятву, ему выдали бумаги, и он оказался в Соединенных Штатах Америки.

Он любил петь, танцевать, он был очень веселым человеком. Когда он оказался в Нью-Йорке, он пошел на танцы, чтобы познакомиться с девчонками. Там он решил попробовать кока-колу и гамбургер. И на каком-то столике положил свой фотоаппарат. И конечно же, пока он ел свой гамбургер, его фотоаппарат украли.

Как-то я узнал, что он очень сожалел об этом. Он говорил об этом в книжке, которую написал к своему 90-летию. Он писал, что это единственное, что у него было в жизни, у него больше ничего не было; единственное, что принадлежало ему, – этот фотоаппарат «Лейка». И вот его украли.

Я решил, что найду такой фотоаппарат и подарю ему. Поднял на ноги всех своих друзей – просил их найти эту «Лейку» тридцать девятого года, олимпийскую. Там, на этой «Лейке», стоят немецкие бронзовые штампы. Все друзья искали, но не могли найти. Но один мой друг сказал, что нашел такой фотоаппарат, он стоит пять тысяч долларов. Его продает музей. Пять тысяч долларов – сумма солидная. Мне очень хотелось его купить, но я решил, что это слишком дорого.

И вот как-то я оказался в Киеве. Иду по Андреевскому

спуску. И что вы думаете? Я вижу фотоаппарат «Лейка», с бронзовым штампом. Смотрю – настоящий фотоаппарат, все четко. Спрашиваю продавца:

– Сколько стоит?

Он говорит:

– Пять тысяч.
– Как пять тысяч?!
– Пять тысяч гривен. Ну мы же знаем, кто вы. Слушайте, ну что для вас, американцев, 200 долларов?

Пять тысяч гривен приравнивались тогда к 200 долларам. Но я говорю:

– Но это же фейк, это же фуфло.
– Нет, не фуфло.

И правда, смотрю, там все работает. Фотоаппарат со всеми этими немецкими бронзовыми штампами. Все, как должно быть. И хотя я подозревал, что что-то там не то, но подумал – а какая разница? Аппарат выглядит настоящим. Куплю его – и будет на 90-летие моему Давиду хороший подарок.

Но, конечно, потом я понял, что это такое. Это фотоаппарат, технологию изготовления которого советские украли у немцев. Они стали производить свой фотоаппарат и назвали его ФЭД. А эти ребята просто опускали его в какой-то бронзовый раствор, а потом ставили немецкие штампы. Вот вам и «Лейка», полученная из советского фотоаппарата ФЭД. Это – как мотоцикл Урал. Точно так же можно было бы поступить с мотоциклом Урал, технологию которого Советы тоже украли у немцев. Можно было покрасить его в серый цвет, поставить пластинку на переднее колесо – и вот вам фашистский *BMW R-71*.

Я подарил Давиду эту «Лейку» на его день рождения, на его 90-летие. Он был в таком шоке, что даже спросил у меня:

– А вообще, Юра, этот человек, у которого ты это забрал, он живой?

– Он живой, – говорю, – живой. Не волнуйся, Давид, все нормально.

Давид Висьния со мной и с моим подарком – фотоаппаратом «Лейкой»

Интересно, что у немцев было записано, что Давид работал на них один день, и за это они платили ему репарации и компенсацию всю его жизнь. Но так как он находился в Освенциме очень долго, был там старожилом, прожил там два года – а просуществовать в таких условиях было очень сложно, мало кто из людей смог так долго там выжить, – то компания *BMW* каждые два года дарила ему новый *BMW*. Но он сказал, что никаких подачек от них брать не будет, и брал *BMW* только каждые три года, а не два.

Вот такой был неординарный талантливый человек Давид, с такой сложной судьбой.

Ордена деда

В России люди любят обвешивать себя всякими значками. Это вроде какой-то болезни, что ли. На это даже смешно смотреть. Иногда это выглядит как елочные украшения. При этом люди коллекционируют не только всевозможные значки, но также и боевые, военные награды. А потом зачастую вешают их на себя. Безусловно, это в какой-то мере их обесценивает.

Я не против того, чтобы люди коллекционировали различные боевые награды. Наоборот, я думаю, что те, кто их коллекционирует, сохраняют их для истории. Ведь очень часто наши дети и внуки не понимают, откуда взялись эти медали и ордена и за что наши деды и прадеды получили их.

Другое дело – когда люди покупают себе медали и ордена и «награждают» ими себя или друг друга за деньги. Мне уже не раз говорили, что за 100 долларов можно стать героем Украины, а за 200 долларов – супергероем.

У нас в Америке запрещено носить не свою награду. Купить можно – на *eBay*, где угодно можно купить. Но носить запрещено. Это квалифицируется как *"stolen glory"* – украденная доблесть. Это позор. За это можно даже попасть в тюрьму. Я знал таких людей. Они вешали на себя незаслуженные медали и ордена или носили не свой мундир и попали под трибунал.

У моего деда был довольно-таки неплохой «иконостас»: медаль «За отвагу», ордена Славы, Красной Звезды, Отечественной войны. И еще в его «коллекции» была медаль для матерей (мать там какой-то второй или третьей степени, что я совершенно отказываюсь понимать – мать для меня всегда первой степени). Потому что он был из многодетной семьи, у его мамы было много детей. И у него сохранилась эта медаль.

Когда мы уезжали из Советского Союза, мои родители пытались увезти эти медали и ордена с собой, хотя мой дед никогда их не носил, никогда даже не надевал. Я помню только один случай, когда дед надел свои награды – когда меня принимали в пионеры. И тогда это все закончилось антисемитской выходкой против моего деда.

Я часто играл с его наградами. Надевал на себя. Но детям это можно. Так как они в войну играют. Они могут надеть какую-нибудь бескозырку или буденовку своего деда, нацепить на себя его медали и с палкой бегать и рубить «контру». У меня вместо контры выступала на даче крапива. И я ее там беспощадно уничтожал. Беспощадно.

Никаких разрешений на вывоз орденов и медалей тогда невозможно было получить. Народ вообще не понимал, как это люди уезжают из Советского Союза. Как вообще могло прийти в голову такое – покинуть Советский Союз! Покинуть родину!

Но мои родители все-таки взяли с собой все эти медали и ордена. Взяли просто на авось. Думали, что провезут. Но, конечно, провезти их им не удалось. Все боевые награды деда у них отняли на таможне. И еще пригрозили, что заведут дело.

Когда я в Америке был курсантом последнего курса, в России уже был Горбачев, была Перестройка и все такое. И я написал письмо на адрес: Советский Союз, Генеральному секретарю Горбачеву. Я написал, что скоро буду офицером военно-морских сил США и очень этим горжусь. Что мой дед воевал во Вторую мировую войну, служил в Красной армии, был там командиром. И когда мои родители уезжали, его боевые медали и ордена у них отняли на таможне. И в конце я написал, что ни в одной стране мира так не унижают солдата, как в Советском Союзе. Это награды моего деда, это реликвии нашей семьи, и никто не вправе был их у нас отнять. И то, что вы сделали, – это не по-человечески. Даже когда воина сажают в тюрьму за тяжкие преступления, его боевые награды остаются при нем. На них его кровь и кровь его товарищей.

Я отправил это письмо, будучи еще молодым человеком. После этого прошло несколько лет. И вот, кажется, я первый раз после эмиграции еду в Советский Союз. Мы приезжаем с военной делегацией где-то на неделю. Проводим время в основном в Ленинграде, в Кронштадте, а потом нас отвозят обратно в Москву, в Шереметьево.

И вот я в Шереметьево. Стою в шинели, в фуражке. У меня новые погоны – к тому времени я уже капитан-лейтенант. И вдруг ко мне подходят двое в одинаковых коричневых шляпах и коричневых плащах:

– Нам надо с вами поговорить.
– О чем мне с вами говорить, господа?

Они дают мне небольшую коробочку:

– Распишитесь.

– Не буду я у вас ничего брать и расписываться не буду.

И они сообщают:

– Там медали и ордена вашего деда.

– Не может быть, – подумал я. Но открываю эту коробочку и вижу в ней действительно ордена и медали моего деда. Правда, они были уже не старые, а какие-то новые. Но, судя по всему, весь набор.

Тогда я говорю:

– Хорошо, спасибо, я распишусь, что я у вас их принял.

– Большое спасибо, – отвечают они, – извините, что так получилось.

Я попросил у них документы на эти награды. Но они сказали, что документов нет, поскольку документы у нашей семьи на таможне не изымали. Видимо, мои родители просто пытались их провезти без документов. Такое вполне могло быть. Возможно даже, что документы вообще были затеряны. Но этого я, конечно, не знаю.

Вот такая произо история. И теперь эти награды моего деда находятся у меня. И когда-нибудь я расскажу об этом своим детям и, надеюсь, внукам.

Made in the USA
Monee, IL
31 July 2025